AVENTURES
MERVEILLEUSES MAIS AUTHENTIQUES
DU CAPITAINE

CORCORAN

PAR

A. ASSOLLANT

OUVRAGE ILLUSTRÉ DE 25 VIGNETTES

PAR A. DE NEUVILLE

PREMIÈRE PARTIE

PARIS

LIBRAIRIE HACHETTE ET Cⁱᵉ

79, BOULEVARD SAINT-GERMAIN, 79

PRIX : 2 FRANCS 25

AVENTURES

MERVEILLEUSES MAIS AUTHENTIQUES

DU CAPITAINE

CORCORAN

Le capitaine Corcoran.

AVENTURES

MERVEILLEUSES MAIS AUTHENTIQUES

DU CAPITAINE

CORCORAN

PAR

A. ASSOLLANT

DOUZIÈME ÉDITION

ILLUSTRÉE DE 25 VIGNETTES DESSINÉES SUR BOIS

PAR A. DE NEUVILLE

PREMIÈRE PARTIE

PARIS

LIBRAIRIE HACHETTE ET Cie

79, BOULEVARD SAINT-GERMAIN, 79

1909

AVENTURES MERVEILLEUSES

MAIS AUTHENTIQUES

DU CAPITAINE CORCORAN

PROLOGUE

I

L'Académie des sciences (de Lyon) et le capitaine Corcoran.

Ce jour-là, — le 29 septembre 1856, — vers trois heures de l'après-midi, l'Académie des sciences de Lyon était en séance et dormait unanimement. Il faut dire, pour l'excuse de messieurs les académiciens, qu'on leur lisait depuis midi le *Résumé* succinct des travaux du célèbre docteur Maurice Schwartz, de Schwartzhausen, sur l'empreinte que laisse dans la poussière la patte gauche d'une araignée qui n'a pas déjeuné. Du reste, aucun des

1

dormeurs ne s'était rendu sans combat. L'un, avant
d'appuyer ses coudes sur la table et sa tête sur
ses coudes, avait essayé d'esquisser à la plume le
profil d'un sénateur romain, mais le sommeil l'a-
vait surpris au moment où sa main savante traçait
les plis de la toge ; un autre avait construit un
vaisseau de ligne avec une feuille de papier blanc,
et le doux ronflement qu'il faisait entendre semblait un vent léger destiné à enfler les voiles du
navire. Le président seul , penché en arrière et
appuyé sur le dossier de son fauteuil, dormait
avec dignité, et, — la main sur la sonnette, comme
un soldat sous les armes, — gardait une attitude
imposante.

Pendant ce temps, le flot coulait toujours, et M. le
docteur Maurice Schwartz, de Schwartzhausen, se
perdait en considérations infinies sur l'origine et
les conséquences probables de ses découvertes.
Tout à coup l'horloge sonna trois coups et tout le
monde s'éveilla. Alors le président prit la parole :

« Messieurs , dit il , les quinze premiers chapitres du beau livre dont nous venons d'entendre la
lecture contiennent tant de vérités nouvelles et fé-
condes, que l'Académie, tout en rendant hommage
au génie de M. le docteur Schwartz, ne sera pas
fâchée, je crois, de remettre à la semaine prochaine
la lecture des quinze chapitres suivants. Par là,
chacun de nous aura plus de temps pour creuser

et approfondir ce magnifique sujet et pour proposer, s'il y a lieu, ses objections à l'auteur. »

M. Schwartz ayant donné son consentement, on se hâta de remettre la lecture à un autre jour et de parler d'autre chose.

Alors un petit homme se leva, qui avait la barbe et les cheveux blancs, les yeux vifs, le menton pointu, et dont la peau semblait collée sur les os, tant il était maigre et décharné. Il fit signe qu'il allait parler, et tout le monde aussitôt garda le silence, car il était de ceux qu'on écoute et qu'on se garde d'interrompre.

« Messieurs, dit-il, notre très-honorable et très-regretté collègue, M. Delaroche, est mort à Suez le mois dernier, au moment où il allait s'embarquer pour l'Inde, et chercher dans les montagnes des Ghâtes, vers la source du Godavery, le Gouroukaramtâ, premier livre sacré des Indous, antérieur même aux Védas, qu'on dit être caché par les indigènes à la vue des Européens. Cet homme généreux, dont le souvenir restera éternellement cher à tous les amis de la science, se voyant mourir, n'a pas voulu laisser son œuvre imparfaite. Il a légué cent mille francs à celui qui voudra se charger de la recherche de ce beau livre, dont l'existence, si l'on en croit les dires des brames, ne peut pas être mise en doute. Par son testament il institue votre illustre Académie son exécutrice testamentaire, et vous prie de choisir vous-mêmes le légataire. Ce choix offre d'ailleurs plus d'une difficulté, car le voyageur que vous enverrez dans l'Inde doit être robuste pour résister au climat, courageux pour braver la dent des tigres, la trompe des éléphants et les pièges des brigands indous ; il doit même être rusé pour tromper la jalousie des Anglais, car la Société royale asiatique de Calcutta a fait d'inutiles recherches et ne voudrait pas laisser à un Français l'honneur de découvrir le livre sacré. De plus, il faut qu'il connaisse le sanscrit, le parsi et toutes les langues vulgaires ou sacrées de l'Inde. Ce n'est donc pas une petite affaire, et je propose à l'Académie de mettre ce choix au concours. »

Ce qui fut fait sur l'heure, et chacun alla dîner.

Les concurrents se présentèrent en foule et briguèrent les suffrages de l'Académie ; mais l'un était faible de complexion, l'autre était ignorant, un troisième ne connaissait des langues orientales que le chinois ou le turcoman, ou le pur japonais. Bref, plusieurs mois s'écoulèrent sans que l'Académie eût fait un choix entre les candidats.

Enfin, le 26 mai 1857, l'Académie étant en séance, on remit au président la carte d'un étranger qui demandait à être admis sur-le-champ.

Sur cette carte était le nom : Le capitaine Corcoran.

« Corcoran! dit le président. Corcoran! Quelqu'un connaît-il ce nom-là : »

Personne ne le connaissait. Mais l'assemblée, qui était curieuse comme toutes les assemblées voulut voir l'étranger.

La porte s'ouvrit et le capitaine Corcoran parut.

C'était un grand jeune homme de vingt-cinq ans à peine, qui se présenta simplement, sans modestie et sans orgueil. Son visage était blanc et sans barbe. Dans ses yeux, d'un vert de mer, se peignaient la franchise et l'audace. Il était vêtu d'un paletot de laine alpaga, d'une chemise rouge et d'un pantalon de coutil blanc. Les deux bouts de sa cravate, nouée à la *colin*, pendaient négligemment sur sa poitrine.

« Messieurs, dit-il, j'ai appris que vous étiez dans l'embarras, et je viens vous offrir mes services.

— Dans l'embarras! interrompit le président d'un air hautain, vous vous trompez, monsieur. L'Académie des sciences de Lyon n'est jamais dans l'embarras, non plus qu'aucune autre académie. Je voudrais bien savoir ce qui embarrasse une société savante qui compte parmi ses membres, j'ose le dire, — mettant à part l'homme qui a l'honneur de la présider, — tant de beaux génies, de belles âmes et de nobles cœurs…. »

Ici l'orateur fut interrompu par trois salves d'applaudissements.

« Puisqu'il en est ainsi, répliqua Corcoran, et que vous n'avez besoin de personne, j'ai l'honneur de vous saluer. »

Il fit demi-tour à gauche et s'avança vers la porte.

« Eh! monsieur, lui dit le président, que de vivacité! Dites-nous au moins le sujet de votre visite.

— Voici, répondit Corcoran, vous cherchez le Gouroukaramtâ, n'est-ce pas ? »

Le président sourit d'un air ironique et bienveillant à la fois.

« Et c'est vous, monsieur, dit-il, qui voulez découvrir ce trésor?

— Oui, c'est moi.

— Vous connaissez les conditions du legs de M. Delaroche, notre savant et regretté confrère?

— Je les connais.

— Vous parlez anglais?

— Comme un professeur d'Oxford.

— Et vous pouvez en donner une preuve sur-le-champ?

— *Yes sir*, dit Corcoran. *You are a stupid fellow.* Voulez-vous quelque autre échantillon de ma science?

— Non, non, se hâta de dire le président, qui n'avait de sa vie entendu parler la langue de Shakspeare, excepté au théâtre du Palais-Royal.

C'est fort bien, cher monsieur.... Et vous connaissez aussi le sanscrit, je suppose?

— Quelqu'un de vous, messieurs, serait-il assez bon pour demander un volume de Baghavatâ Pouranâ? J'aurai l'honneur de l'expliquer à livre ouvert.

— Oh! oh! dit le président. Et le parsi? et l'indoustani? »

Corcoran haussa les épaules.

« Un jeu d'enfant! » dit-il.

Et tout de suite, sans hésiter, il commença dans une langue inconnue un discours qui dura dix minutes. Toute l'assemblée le regardait avec étonnement.

Quand il eut fini de parler :

« Savez-vous, dit-il, ce que j'ai eu l'honneur de vous raconter là?

— Par la planète que M. Le Verrier a découverte! répondit le président, je n'en sais pas le premier mot.

— Eh bien! dit Corcoran, c'est de l'indoustani. C'est ainsi qu'on parle à Kachmyr, dans le Nepâl, le royaume de Lahore, le Moultan, l'Aoude, le Bengale, le Dekkan, le Carnate, le Malabar, le Gandouna, le Travancor, le Coïmbetour, le Maissour, le pays des Sikhs, le Sindhia, le Djeypour, l'Odeypour, le Djesselmire, le Bikanir, le Baroda, le Banswara, le Noanagar, l'Holkar, le Bopal, le

Baïtpour, le Dolpour, le Satarah et tout le long de la côte de Coromandel.

— Très-bien! monsieur. Très-bien! s'écria le président. Il ne vous reste plus qu'une question à vous faire. Excusez mon indiscrétion. Nous sommes chargés, par le testament de notre regrettable ami, d'une si lourde responsabilité, que nous ne saurions trop....

— Bon! dit Corcoran. Parlez librement, mais vite, car Louison m'attend.

— Louison! reprit le président avec dignité. Qui est cette jeune personne?

— C'est une amie qui me suit dans tous mes voyages. »

A ces mots, on entendit un bruit de pas précipités dans la salle voisine. Puis une porte fut fermée avec un grand fracas.

« Qu'est cela? demanda le président.

— C'est Louison qui s'impatiente.

— Eh bien, qu'elle attende, continua le président. Notre Académie n'est pas, je suppose, aux ordres de Mme ou Mlle Louison.

— Comme il vous plaira, » dit Corcoran.

Et, prenant un fauteuil que personne n'avait eu la politesse de lui offrir, il s'assit, commodément appuyé pour écouter le discours de l'académicien.

Or, le savant homme était fort en peine pour trouver un exorde, car on avait oublié de mettre

sur la table de l'eau et du sucre, et chacun sait
que le sucre et l'eau sont les deux mamelles de
l'éloquence. Pour réparer cet oubli impardonna-
ble, il tira le cordon de la sonnette.

Mais personne ne parut.

« Ce garçon de salle est bien négligent, dit il
enfin ; je le ferai renvoyer. »

Et il sonna deux fois, trois fois, cinq fois, mais
toujours inutilement.

« Monsieur, dit Corcoran qui eut pitié de son
martyre, ne sonnez plus. Ce garçon se sera pris
de querelle avec Louison et aura quitté la salle.

— Avec Louison ! s'écria le président. Mais cette
jeune personne est donc d'un bien mauvais caractère ?

— Non. Pas trop mauvais. Mais il faut savoir
la prendre. Il aura voulu la brusquer. Elle est si
jeune, elle se sera emportée, probablement.

— Si jeune ! Quel âge a donc Mlle Louison ?

— Cinq ans tout au plus, dit Corcoran.

— Oh ! à cet âge-là, il est facile d'en venir à bout.

— Je ne sais pas. Elle égratigne quelquefois,
elle mord....

— Mais, monsieur, dit le président, il n'y a qu'à
la transporter dans une autre salle.

— C'est difficile, répliqua Corcoran. Louison est
volontaire ; elle n'est pas habituée à se voir con-
trariée. Elle est née sous les tropiques, et ce cli-

mat brûlant a excité encore l'ardeur naturelle de
son tempérament....

— Voyons, dit le président, c'est assez causer de
Mlle Louison. L'Académie a quelque chose de plus
important à faire. Je reviens à notre interroga-
toire. Vous êtes d'une santé robuste, monsieur?

— Je le suppose, répliqua Corcoran. J'ai eu
deux fois le choléra, une fois la fièvre jaune, et
me voilà. J'ai mes trente deux dents, et quant à
mes cheveux, touchez vous-même et voyez s'ils
ressemblent à une perruque.

— C'est bien. Et vous êtes vigoureux, j'espère?

— Euh! dit Corcoran, un peu moins que mon
défunt père, mais assez pour ma consommation
journalière. »

En même temps, il regarda autour de lui, et,
voyant que la fenêtre était scellée de gros barreaux de fer, il prit d'une main l'un des barreaux
et, sans effort apparent, il le tordit comme un bâton de cire rouge ramolli par le feu.

« Diable! voilà un vigoureux gaillard, s'écria
un des académiciens.

— Oh! répliqua Corcoran d'un air tranquille
ceci n'est rien. Mais si vous me montrez un canon
de 36, je m'engagerai volontiers à le porter sur la
montagne de Fourvières. »

L'admiration des assistants commençait à deve
nir de l'épouvante.

« Et, continua le président, vous avez vu le feu, je suppose?

— Une douzaine de fois, dit Corcoran. Pas davantage. Dans les mers de la Chine et de Bornéo, vous savez, un capitaine marchand doit toujours avoir quelques caronades à bord pour se défendre des pirates?

— Vous avez tué des pirates?

— A mon corps défendant, répliqua le marin, et deux ou trois cents tout au plus. Oh! je n'étais pas seul à la besogne, et sur ce nombre, je n'en ai guère tué plus de vingt-cinq ou trente pour ma part. Mes matelots ont fait le reste. »

A ce moment, la séance fut interrompue.

On entendit dans la salle voisine le bruit d'une et de plusieurs chaises, qu'une personne inconnue venait de renverser.

« C'est insupportable! s'écria le président. Il faut voir ce que c'est.

— Quand je vous disais qu'il ne fallait pas impatienter Louison! dit Corcoran. Voulez-vous que je l'amène ici pour la calmer? Elle ne peut pas vivre sans moi.

— Monsieur, répliqua assez aigrement un académicien, quand on a chez soi un enfant morveux, on le mouche; ou quinteux, on le corrige; ou criard, on le met au lit; mais on ne l'amène pas dans l'antichambre d'une société savante!

— Vous n'avez plus de questions à faire? demanda Corcoran sans s'émouvoir.

— Pardon! une encore, monsieur, dit le président en raffermissant sur son nez ses lunettes d'or avec l'index de la main droite. Êtes-vous?.. voyons, vous êtes brave, fort et bien portant, cela se voit. Vous êtes savant, et vous nous l'avez prouvé en nous parlant couramment l'indoustani, qu'aucun de nous ne comprend; mais, voyons, êtes-vous.... comment dirai-je ?... fin et rusé, car vous savez qu'il faut l'être pour voyager chez ces peuples perfides et cruels. Et, quelque désir que l'Académie ait de vous décerner le prix proposé par notre illustre ami Delaroche, quelque passion qu'elle ait de retrouver le fameux Gouroukaramtâ que les Anglais ont cherché vainement dans toute la presqu'île de l'Inde, cependant nous nous ferions un cas de conscience d'exposer une vie aussi précieuse que la vôtre, et....

— Si je suis ou non rusé, interrompit Corcoran, je l'ignore. Mais je sais que mon crâne étant celui d'un Breton de Saint-Malo, et les poignets qui pendent au bout de mes deux bras étant d'une rare pesanteur, et mon revolver étant de bonne fabrique, et mon dirk écossais étant d'une trempe sans pareille, je n'ai encore vu nul être vivant qui ait mis impunément la main sur moi. C'est aux poltrons d'être rusés. Dans la famille des Corcoran, on fait son trou devant soi, comme un boulet de canon, et l'on passe.

— Mais, dit encore le président, quel est donc cet affreux vacarme? C'est encore, je suppose, Mlle Louison qui s'amuse? Allez la calmer un instant, monsieur, ou la menacer du fouet, car on n'y peut plus tenir.

— Ici, Louison, ici! » s'écria Corcoran sans quitter son fauteuil.

A cet appel, la porte s'ouvrit comme enfoncée par une catapulte, et l'on vit apparaître un tigre royal d'une grandeur et d'une beauté extraordinaires. D'un bond, l'animal s'élança par-dessus la tête des académiciens et vint tomber aux pieds du capitaine Corcoran.

« Eh bien! Louison, eh bien! ma chère! dit le capitaine, vous faites du bruit dans l'antichambre, vous dérangez la société! C'est fort mal; couchez-vous! Si vous continuez, je ne vous mènerai plus dans le monde. »

Cette menace parut causer une terrible frayeur à Louison.

II

Mais quelle que fût l'émotion de Louison lorsque
le capitaine Corcoran l'eut menacée de ne plus la
conduire dans le monde, à coup sûr cette émotion
n'approchait pas de celle dont furent saisis les
membres de l'illustre Académie des sciences (de
Lyon). Et si l'on veut bien réfléchir que leur profession habituelle étant d'être savants et non de
jongler avec les tigres du Bengale, peut-être ne
leur saura-t-on pas mauvais gré d'avoir eu leur
part de faiblesse humaine.

Leur première pensée fut de regarder du coté de
la porte et de se précipiter dans la salle voisine,
d'où ils comptaient gagner l'antichambre qui
aboutit à un bel escalier par où l'on descend dans
la rue.

Là, il ne leur serait pas difficile de gagner du terrain, car un bon fantassin, lorsqu'il ne porte sur son dos ni vivres ni bagages, peut faire aisément douze kilomètres à l'heure.

Or, l'académicien le plus éloigné de son domicile n'avait guère plus d'un kilomètre ou deux à mesurer avant d'arriver au but, c'est-à-dire au coin de sa cheminée. Il avait donc de grandes chances d'échapper en quelques minutes à la société de Louison.

Quelque long que semble ce raisonnement lorsqu'on l'écrit sur le papier, il fut fait avec une rapidité si grande et si unanime, qu'en un clin d'œil tous les académiciens se levèrent et voulurent prendre la fuite.

Le président lui-même, bien qu'en toute circonstance il dût donner l'exemple, et qu'en celle-ci il eût montré tout le zèle imaginable, n'arriva pourtant que le dix-neuvième à la porte d'entrée brisée par le choc de Louison.

Mais personne ne s'avisa de franchir le seuil. Louison, qui s'ennuyait d'être enfermée, devina leur dessein, et voulut, elle aussi, prendre l'air.

En un clin d'œil et d'un bond elle passa pour la deuxième fois par-dessus leurs têtes et tomba justement devant M. le secrétaire perpétuel, qui se hâtait de sortir le premier. Cet homme vénérable fit un pas en arrière, et en aurait fait volontiers

plusieurs autres, si les pieds de ceux qui le suivaient n'avaient été un obstacle insurmontable.

A la vérité, quand on vit que Louison servait
d'avant-garde, tout le monde se hâta de reculer,
et le secrétaire perpétuel fut dégagé. Sa perruque
seule eut quelques faux plis.

Cependant Louison, toute joyeuse, avait pris le
grand trot et se promenait dans la salle d'attente
comme un jeune lévrier qui va partir pour la
chasse. Elle regardait les académiciens avec des
yeux vifs et pleins de malice, et paraissait attendre
les ordres du capitaine Corcoran.

L'Académie fut fort indécise. Sortir n'était pas
sûr à cause des caprices de Louison. Rester était
moins sûr encore.

On se groupait, on se pelotonnait dans un coin
de la salle. On entassait fauteuils sur fauteuils
pour former une barricade.

Enfin le président, qui était un homme sage,
ainsi qu'on a pu en juger par ses discours, émit
tout haut l'avis que le capitaine Corcoran ferait
honneur et plaisir à tous les membres présents
de l'honorable assemblée, s'il consentait à « filer
par le chemin le plus direct et le plus court. »

Bien que le mot *filer* ne fût pas très parlementaire, Corcoran ne s'en offensa point, sachant bien
qu'il est des minutes où l'on n'a pas le temps de
choisir ses mots.

2

« Messieurs, dit-il, je regrette bien vivement que....

— Ne regrettez rien, au nom de Dieu ! et partez ! s'écria le secrétaire perpétuel. Je ne sais ce que votre Louison regarde en moi, mais elle me donne froid dans le dos. »

Effectivement, Louison était fort intriguée. Dans la confusion de la mêlée, M. le secrétaire avait, sans y prendre garde, laisser glisser sa perruque sur son épaule droite ; de sorte que le crâne paraissait tout nu aux yeux de Louison, et ce spectacle nouveau l'étonnait beaucoup.

Corcoran s'en aperçut, et, sans dire un mot, il montra le chemin à Louison et s'avança vers 'a seconde porte d'entrée.

Mais cette porte était solidement barricadée en dehors. Et, pour comble de malheur, comme elle était en bronze, Corcoran lui-même n'aurait pu l'ébranler. Cependant il fit un effort et donna un tel coup d'épaule, que la porte et la muraille tremblèrent et que la maison tout entière en parut ébranlée. Il allait en donner un second, mais le président l'arrêta.

« Ce serait bien pire, dit-il, si vous faisiez tomber la maison sur nos têtes.

— Que faire ? dit alors le capitaine.... Ah ! je vois un moyen.... Nous allons passer par la fenêtre. Louison et moi. »

M. le secrétaire avait laissé glisser sa perruque. (Page 18.)

Le président eut un mouvement de générosité.

« Capitaine. dit-il, prenez garde. D'abord, il faut desceller les barreaux de fer. De plus, il y a trente pieds depuis la fenêtre jusqu'au pavé de la rue. Vous allez vous casser le cou. Quant à votre vilain animal....

— Chut! répondit Corcoran. Ne dites pas de mal de Louison. Elle est très-susceptible. Elle se fâcherait.... Quant aux barreaux, c'est peu de chose. »

Et, en effet, il en arracha trois presque sans effort apparent.

« Maintenant, ajouta-t-il, on peut passer. »

A vrai dire, l'Académie était partagée entre la crainte de le voir se casser le cou et le plaisir de dire adieu à Louison.

Corcoran s'assit sur la fenêtre et se disposa à descendre dans la rue en s'aidant des sculptures et des saillies de la muraille. Mais, tout à coup, le président le rappela.

« Eh! dit-il, capitaine, est-ce que vous allez nous laisser seuls avec Louison?

— Ma foi! répliqua Corcoran, il faut bien que quelqu'un passe le premier, et jamais Louison ne sautera si je ne lui donne pas l'exemple.

— Oui, reprit le président; mais si, quand vous serez descendu, Louison refuse de sauter?

— Ah! si le ciel tombait, répliqua Corcoran,

bien des allouettes seraient prises. Une dernière
fois, faut-il descendre, oui ou non?

— Faites descendre Louison d'abord, dit le président.

— C'est juste! reprit Corcoran. Mais si je prends
Louison par la peau du cou et si je la jette par la
fenêtre, Louison, qui est fantasque, ne m'attendra
pas, et se mettra à courir dans les rues, et dévo-
rera peut-être dix ou douze personnes avant que
j'aie pu venir à leur secours. Vous ne connaissez
pas l'appétit de Louison! Et justement il est quatre
heures, et elle n'a pas fait son *lunch*. Car elle fait
son lunch tous les jours à une heure après-midi,
comme la reine Victoria. Sabre et mitraille! elle
n'a pas pris son lunch aujourd'hui! Ah! maudite
étourderie! »

Au mot de *lunch*, les yeux de Louison étincelè-
rent de plaisir.

Elle regarda l'un des académiciens, brave homme, bien portant, gros, gras, frais et rose, ouvrit
et ferma deux ou trois fois les mâchoires et fit
claquer sa langue d'un air de satisfaction. De l'a-
cadémicien, son regard se porta sur Corcoran.
Elle paraissait lui demander si le moment était
venu de *luncher*. L'académicien vit ces deux regards et pâlit.

« Allons, dit Corcoran, je reste.... Et toi, ma
belle, ajouta-t-il en caressant Louison, tiens-toi

tranquille. Si tu ne lunches pas aujourd'hui, tu
luncheras demain, parbleu! Il ne faut pas être sur
sa bouche. »

Ici Louison gronda légèrement.

« Silence, mademoiselle, dit Corcoran en levant
sa cravache. Silence ou vous aurez affaire à Sifflante! »

Est-ce le discours du capitaine? est-ce la vue de
Sifflante qui calma la tigresse? Elle se coucha à
plat ventre en frottant sa belle tête contre la jambe
de son ami en imitant le ron ron des chats.

« Messieurs, dit le président, je vous invite à
vous rasseoir. Si la porte est fermée et barricadée
c'est sans doute parce que le portier est allé
chercher du secours. Prenons patience en l'attendant, et si vous voulez, pour ne pas perdre de
temps, examinons sur-le-champ le beau travail
de notre savant confrère M. Crochet sur l'origine
et la formation de la langue mandchoue.

— Il s'agit bien de mandchou, interrompit en
grognant un des académiciens. Je donnerais le
mandchou, tous ses composés, tous ses dérivés,
et par-dessus le marché le japonais et le thibétain,
pour me chauffer à l'heure qu'il est les pieds au
coin de mon feu. A-t-on jamais vu un coquin de
portier comme celui-là? Brigand! je lui casserai
ma canne sur les épaules!

— Je crois, suggéra le secrétaire perpétuel, que

l'honorable assemblée ne jouit pas tout à fait du calme moral qui est si propre à favoriser les investigations de la science, en sorte qu'il paraîtra peut-être convenable de remettre à un autre jour l'affaire des Mandchous. En revanche, s'il plaisait au capitaine de nous raconter par suite de quelles aventures nous nous trouvons aujourd'hui face à face avec Mlle Louison....

— Oui, reprit le président, capitaine, racontez-nous vos aventures et surtout l'histoire de votre jeune amie. »

Corcoran s'inclina d'un air respectueux et commença son discours en ces termes :

III

D'un tigre, d'un crocodile et du capitaine Corcoran.

« Peut-être avez-vous entendu parler, mes
sieurs, du célèbre Robert Surcouf, de Saint-Malo.
Son père était le propre neveu du beau-frère de
mon bisaïeul. Le très-illustre et très-savant Yves
Quaterquem[1], aujourd'hui membre de l'Institut
de Paris, et qui a découvert, comme chacun sait,
le moyen de diriger les ballons, est mon cousin
germain. Mon grand-oncle Alain Corcoran, sur-
nommé Barberousse était au collége en même
temps que feu M. le vicomte François de Chateau
briand, et eut l'honneur, le 23 juin 1782, d'appli-
quer son poing fermé sur l'œil du vicomte, pendant la récréation, entre quatre heures et demie

1. Voir *les Amours de Quaterquem.*

et cinq heures de l'après-midi. Vous voyez, messieurs, que je suis de bonne maison, et que les
Corcoran peuvent lever haut la tête et regarder le
soleil en face.

De moi-même j'ai peu de chose à dire. Je suis
né une ligne de pêche à la main. Je montais seul
dans la barque de mon père à l'âge où les autres
enfants connaissent à peine l'alphabet, et quand
mon père eut péri en portant secours à un bateau
pêcheur en détresse, je m'embarquai sur *la Chaste
Suzanne*, de Saint-Malo, qui allait pêcher la ba-
leine vers le détroit de Behring ; après trois ans
de courses vers le pôle nord et le pôle sud, je
passai de *la Chaste Suzanne* sur *la Belle-Émilie*, de
la Belle-Émilie sur le *Fier-Artaban* et du *Fier-Artaban* sur le *Fils de la Tempête*, un brick ailé qui
file ses dix-huit nœuds à l'heure, toutes voiles
dehors.

— Monsieur, interrompit le secrétaire perpétuel
de l'Académie, vous nous avez promis l'histoire
de Louison.

— Prenez patience, répliqua Corcoran, la voici. »
Mais un bruit lointain de tambours lui coupa
la parole. On battait le rappel.

— Qu'est ceci ? demanda le président avec
inquiétude.

— Je devine, répondit Corcoran. C'est le portier
effrayé qui a barricadé la porte et qui est allé de-

mander du secours au poste voisin. Poltron, va!

— Parbleu! dit un académicien, il aurait bien
mieux fait de laisser la porte ouverte. Je ne per-
drais pas mon temps à écouter l'histoire de Louison.

— Attention! dit le capitaine. Voici qui devient
sérieux. On sonne le tocsin. »

Effectivement le tocsin retentit' au clocher le
plus voisin, et se communiqua bientôt à tous les
autres avec la rapidité de la flamme poussée par
le vent.

« Bombes et mitraille! dit en riant le capitaine.
L'affaire sera chaude, ma pauvre Louison, car je
vois qu'on va t'assiéger comme une place forte.... »

Pour revenir à mon histoire, messieurs, c'était
vers la fin de l'année de 1853, j'avais fait construire
le *Fils de la Tempête* à Saint-Nazaire, et je venais
de décharger dans le port de Batavia sept ou huit
cents barriques de vin de Bordeaux. L'affaire était
bonne. Donc, content de moi, de mon prochain,
de la divine Providence et de l'état de mes affaires, je résolus un jour de prendre un plaisir
qu'on n'a pas souvent sur mer : c'est celui de la
chasse au tigre.

Vous n'ignorez pas, messieurs, que le tigre, qui
est, d'ailleurs, le plus bel animal de la création,
— regardez Louison, — a reçu malheureusement
du ciel un appétit extraordinaire. Il aime le bœuf,
l'hippopotame, la perdrix, le lièvre ; mais ce qu'il

préfère à tout, c'est le singe, à cause de sa ressem
blance avec l'homme; et l'homme, à cause de sa
supériorité sur le singe. De plus, il est délicat, il
ne mange jamais deux fois du même morceau, et
par exemple, si Louison avait dévoré à déjeuner
une épaule de M. le secrétaire perpétuel, rien ne
pourrait l'obliger à goûter de l'autre épaule à
l'heure du *lunch*. Elle est friande comme un chat
d'évêque. (Ici le secrétaire fit la grimace.)

« Mon Dieu, monsieur, continua Corcoran, je
sais bien que Louison aurait tort, et que les deux
épaules se valent: mais c'est son caractère; on ne
se refait pas. »

Je partis de Batavia, portant mon fusil sur l'é-
paule, et chaussé de grandes bottes comme un
Parisien qui va chercher un lièvre dans la plaine
Saint-Denis. Mon armateur, M. Cornélius Van Crittenden, voulait me faire accompagner par deux
Malais chargés de dépister le tigre et de se faire
manger à ma place, si par hasard le tigre était
plus habile que moi. Vous entendez bien que moi,
René Corcoran, dont le bisaïeul était l'oncle du
père de Robert Surcouf, je me mis à rire en en-
tendant cette proposition. On est Malouin, ou l'on
n'est pas Malouin, n'est-ce pas? Or, je suis Malouin, et, de mémoire d'homme, on n'a jamais
entendu parler d'un Malouin mangé par un tigre.
Du reste, la réciproque est vraie, et l'on ne sert

pas souvent de tigres sur la table des Malouins

Cependant, comme, après tout, il me fallait des
aides pour transporter ma tente et mes provisions, les deux Malais me suivirent, conduisant
un chariot.

Je rencontrai d'abord, à quelques lieues de Batavia, une rivière assez profonde qui traversait
la forêt des singes, aussi grande et plus peuplée
d'animaux carnassiers que le département même
de la Seine. C'est dans ces épais fourrés qu'on
trouve le lion, le tigre, le boa constrictor, la panthère et le caïman, les plus féroces de toutes les
bêtes de la création, — l'homme seul excepté, qui
tue sans besoin et pour le plaisir de tuer.

Dès qu'il fut dix heures du matin, la chaleur
devint si forte, que les Malais eux-mêmes, accou-
tumés pourtant à leur propre climat, demandèrent
grâce et se couchèrent à l'ombre. Pour moi, je
m'étendis dans le chariot, la main sur ma carabine, car je craignais quelque surprise, et dormis
profondément.

Un spectacle étrange m'attendait au réveil.

La rivière sur le bord de laquelle j'avais établi
mon campement était appelée Mackintosh, du nom
d'un jeune Écossais qui était venu chercher fortune à Batavia. Un jour, comme il la remontait
en bateau avec quelques amis, un coup de vent
jeta son chapeau dans la rivière. Mackintosh

étendit le bras pour le ressaisir, mais au moment
où il le touchait, une gueule effroyable et qui
semblait appartenir à quelqu: tronc d'arbre flottant
sur l'eau se referma sur sa main, la saisit et l'en
traîna au fond de l'eau.

Cette gueule était celle d'un caïman qui n'avait
pas déjeuné.

On fit d'inutiles efforts pour repêcher Mackintosh
et pour le venger; mais la Providence se chargea
de châtier le meurtrier.

La longue-vue de l'Écossais pendait en bandou-
lière sur sa poitrine. Soit que le caïman fut trop
vorace ou trop affamé pour bien distinguer ce
qu'il avalait, la longue-vue de Mackintosh se mit,
à ce qu'il paraît, en travers du gosier de l'amphi-
bie, de manière qu'il ne put ni avaler tout à fait
cet infortuné jeune homme, ni remonter du fond
de l'eau à la surface pour respirer plus à l'aise,
et qu'il mourut victime de sa gloutonnerie. On le
retrouva quelques jours après noyé, étendu sur
le rivage, et n'ayant pas lâché Mackintosh.

« Monsieur, interrompit le président de l'Académie, il me semble que vous vous écartez sen-
siblement de votre sujet; vous nous aviez promis
de nous donner l'histoire de Louison et non pas
celle de la longue-vue de monsieur Mackintosh.

— Monsieur le président, répliqua Corcoran avec
déférence, je reviens à Louison. »

Il était donc à peu près deux heures de l'après-midi lorsque je fus éveillé tout à coup par des cris horribles. Je me mets sur mon séant, j'arme ma carabine, et j'attends avec patience l'ennemi.

Ces cris étaient poussés par mes deux Malais, qui accouraient tout effrayés, pour' chercher un asile sur le chariot.

« Maître! maître! dit l'un des deux, voici le seigneur qui s'avance! Prenez garde!

— Quel seigneur? dis-je.

— Le seigneur tigre!

— Eh bien, il m'épargnera la moitié du chemin... Voyons donc ce terrible seigneur! »

Tout en parlant, je sautai à terre et j'allai à la rencontre de l'ennemi. On ne le voyait pas encore, mais on pouvait deviner son approche à la frayeur et à la fuite de tous les autres animaux. Les singes se hâtaient de remonter sur les arbres, et du haut de ces observatoires, lui faisaient des grimaces pour le braver. Quelques-uns même, plus hardis, lui jetaient à la tête des noix de cocos. Pour moi, je ne devinai la direction dans laquelle il marchait qu'au bruit des feuilles qu'il foulait et froissait sous ses pieds. Peu à peu, ce bruit se rapprocha de moi, et comme le chemin était à peine assez large pour laisser passer deux chariots, je commençai à craindre de l'apercevoir trop tard, et de

n'avoir pas le temps de l'ajuster, car l'épaisseur
du fourré le cachait entièrement.

Heureusement, je reconnus bientôt qu'il devait
passer près de moi, mais sans me voir, et qu'il
allait tout simplement boire dans la rivière.

Enfin je l'aperçus, mais seulement de profil
Sa gueule était ensanglantée; il avait l'air satisfait
et les jambes écartées, comme un rentier qui va
fumer son cigare sur le boulevard des Italiens
après un bon déjeuner.

A dix pas de moi, le bruit sec du chien de ma
carabine que j'armais parut lui causer quelque
inquiétude. Il tourna la tête à demi, m'aperçut à
travers un buisson qui nous séparait et s'arrêta
pour réfléchir.

Je le suivais de l'œil; mais pour le tuer d'un
coup, il aurait fallu l'ajuster au front ou au cœur
et il s'était posé de trois quarts, comme un tigre
de qualité qui fait faire son portrait par le photo-
graphe.

Quoi qu'il en soit, la divine Providence m'é-
pargna ce jour-là un meurtre déplorable; car ce
tigre, ou plutôt cette tigresse, n'était autre que
ma belle et charmante amie, cette douce Louison
que vous voyez et qui nous écoute d'une oreille
si attentive.

Louison (je puis bien à présent lui donner ce
nom) avait déjeuné, comme je vous l'ai dit, et ce

fut un grand bonheur pour moi et pour elle. Elle
ne pensait qu'à digérer en paix. Aussi, après
m'avoir regardé obliquement pendant quelques
secondes.... tenez, à peu près comme elle regarde
à présent le secrétaire perpétuel....

(Ici le secrétaire changea de place et alla s'asseoir derrière le président.)

Elle continua lentement son chemin et s'a-
vança vers la rivière qui coulait à quelques pas
de là.

Tout à coup je vis un curieux spectacle. Louison,
qui marchait jusque-là d'un air indifférent et su-
perbe, ralentit tout à coup son pas, et, allongeant
son beau corps, si long déjà, elle s'avança, en
rasant le sol et prenant les plus grandes précautions pour n'être ni vue ni entendue, auprès d'un
large et long tronc d'arbre qui était étendu sur le
sable, au bord de la rivière Mackintosh.

Je marchais derrière elle, la carabine à l'épaule,
toujours prêt à tirer, attendant une occasion favorable.

Mais je fus bien étonné. En approchant du tronc
d'arbre, je vis qu'il avait des pattes et des écailles
qui brillaient au soleil; les yeux étaient fermés et
la gueule était ouverte.

C'était un crocodile qui dormait sur le sable
au soleil, comme un juste. Aucun rêve ne trou-
blait ce tranquille sommeil. Il ronflait paisible-

ment, comme ronflent les crocodiles qui n'ont pas
de mauvaise action sur la conscience

Ce sommeil, cette pose pleine de grâce et d'a-
bandon, je ne sais quoi encore, probablement
quelque inspiration de l'esprit malin, tout parut
tenter Louison. Je vis ses lèvres s'écarter. Elle
riait comme un jeune polisson qui va jouer un
bon tour à son maître d'école.

Elle avança doucement la patte et l'enfonça tout
entière dans la gueule du crocodile. Elle essayait
d'arracher la langue du dormeur pour la manger
en guise de dessert, car Louison est très-friande;
c'est le défaut de son sexe et de son âge.

Mais elle fut bien sévèrement punie de sa mauvaise pensée.

Elle n'eut pas plutôt touché la langue du crocodile, que la gueule de celui-ci se referma. Il
ouvrit les yeux, — de grands yeux couleur vert
de mer, que je vois encore, — et regarda Louison
d'un air de surprise, de colère et de douleur qu'il
est impossible de peindre.

De son côté, Louison n'était pas à la noce. La
pauvre chérie se débattait comme un diable entre
les dents aiguës du crocodile. Heureusement, elle
serrait si fort la langue de celui-ci avec ses griffes,
que le malheureux n'osait user de toutes ses forces
et lui couper la patte, comme il l'aurait fait aisément si sa langue avait été libre.

Jusque-là le combat était égal, et je ne savais pour qui faire des vœux, car enfin l'intention de Louison n'était pas bonne, et sa plaisanterie était fort désagréable pour son adversaire ; mais Louison était si belle ! Elle avait tant de grâces dans les formes, tant de souplesse dans les membres, tant de variété dans les mouvements! Elle ressemblait à une jeune chatte, à peine en sevrage, qui joue au soleil sous les yeux de sa mère.

Mais, hélas! ce n'était pas pour jouer qu'elle se tordait sur le sable en poussant des cris rauques qui faisaient retentir la forêt. Les singes, perchés en sûreté sur les cocotiers, regardaient en riant ce terrible combat. Les babouins montraient Louison aux macaques et lui faisaient, le petit doigt posé sur le nez et la main déployée en éventail, le geste moqueur des gamins de Paris. L'un d'eux même, plus hardi que les autres, descendit de branche en branche jusqu'à six ou sept pieds de terre, et là, se suspendant par la queue, il osa du bout de ses ongles gratter légèrement le mufle de la redoutable tigresse. A cette plaisanterie, tous les babouins poussèrent de grands éclats de rire ; mais Louison fit un geste si prompt et si menaçant, que le jeun babouin qui l'avait essayée n'osa pas la recommencer, et se tint pour très-heureux d'avoir échappé aux dents meurtrières de son ennemie.

Cependant le crocodile entraînait la pauvre tigresse dans la rivière. Elle leva les yeux au ciel, comme pour implorer sa pitié ou le prendre à témoin de son martyre, et les abaissa sur moi par hasard.

Quels beaux yeux! Quel mélancolique et doux regard où se peignaient toutes les angoisses de la mort! Pauvre Louison!

Au même instant le crocodile plongea, entraînant Louison sous l'eau. A cette vue je me décidai.

Le bouillonnement de la rivière indiquait les efforts de Louison pour se dégager. J'attendis pendant une demi-minute, la carabine à l'épaule, le doigt sur la détente, l'œil fixe.

Heureusement, Louison, qui est un animal, si vous voulez, mais qui n'est pas une bête, s'était dans son désespoir accrochée fortement à un tronc d'arbre qui pendait sur le bord de l'eau.

Cette précaution lui sauva la vie.

A force de se débattre, elle parvint à élever sa tête au-dessus de la rivière et à se tirer par là du danger le plus pressant, celui de se noyer.

Peu à peu le crocodile lui-même sentit le besoin de respirer, et, moitié de gré, moitié de force, revint avec elle au rivage.

C'est là que je l'attendais. En un clin d'œil son sort fut décidé. L'ajuster, tirer mon coup de carabine, lui envoyer une balle dans l'œil gauche et

Cependant le crocodile entraînait la tigresse dans la rivière. (P. 35.)

lui briser le crâne, ce fut l'affaire de deux secondes.
Le malheureux ouvrit la gueule et voulut gémir.
Il battit le sable de ses quatre pieds et expira.

La tigresse, plus prompte encore que moi, avait
déjà retiré de la gueule de son ennemi sa patte à
demi déchirée.

Son premier mouvement, je dois le dire, ne fut
pas un témoignage de confiance ou de reconnaissance. Peut-être pensait-elle avoir plus à craindre
de moi que du crocodile. Elle essaya d'abord de
fuir; mais la pauvre bête, réduite à trois pattes
et presque estropiée de la quatrième, ne pouvait
aller bien loin. Au bout de dix pas, je l'atteignis.

Je vous avouerai, messieurs, que je me sentais
déjà beaucoup d'amitié pour elle. D'abord je lui
avais rendu un grand service, et vous savez qu'on
s'attache bien plus à ses amis par les services qu'on
leur rend que par ceux qu'on reçoit d'eux. De plus,
elle me paraissait d'un très-bon caractère, car la
plaisanterie même qu'elle avait voulu faire au crocodile indiquait un naturel porté à la joie; or, la
joie, vous le savez, messieurs, quand elle n'est
pas feinte, est le symptôme d'un bon cœur et d'une
bonne conscience.

Enfin j'étais seul, en pays étranger, à cinq mille
lieues de Saint-Malo, sans amis, sans parents, sans
famille. Il me sembla que la société d'un ami qui
me devrait la vie, — cet ami eût-il quatre pattes,

des griffes redoutables et des dents terribles, — vaudrait toujours mieux que rien.

Avais-je tort?

Non, messieurs. Et la suite l'a bien prouvé

Mais, pour ne pas anticiper sur mon histoire, je dois dire que Louison ne me parut pas avoir besoin d'un ami autant que moi.

Quand je m'approchai d'elle, je la vis, ne pouvant se soutenir qu'avec peine sur trois pattes, se coucher sur le dos, et là, attendre mon attaque en désespérée. Elle poussait le cri rauque qui lui est habituel quand elle se met en colère, elle grinçait des dents, elle me montrait ses griffes et semblait prête à me dévorer, ou tout au moins à vendre chèrement sa vie.

Mais je sais apprivoiser les êtres les plus féroces.

Je m'avançai donc d'un air paisible. Je déposai ma carabine sur le sable, à portée de la main, je me penchai sur la tigresse, et je lui caressai doucement la tête comme à un enfant.

D'abord elle me regarda obliquement, comme pour m'interroger. Mais quand elle vit que mes intentions étaient bonnes, elle se remit sur le ventre, lécha doucement ma main, et d'un air triste me présenta sa patte malade. Je sentis à mon tour tout le prix de cette marque de confiance, et je regardai cette patte avec soin Rien n'était

brisé. Les dents du crocodile n'avaient même pas
pénétré fort avant, à cause de la manière dont
Louison lui serrait la langue.

Je me contentai de laver la plaie avec soin. Je
tirai de ma carnassière un flacon d'alcali dont je
versai une ou deux gouttes sur la blessure, et je
fis signe à Louison de me suivre.

Soit reconnaissance, soit désir d'être pansée avec
soin, elle se laissa conduire et me suivit jusqu'au
chariot, où les deux Malais qui m'accompagnaient
faillirent mourir de peur en l'apercevant. Ils sau-
tèrent à bas du chariot et rien ne put les décider
à y remonter.

Le jour suivant nous retournâmes à Batavia.
Cornélius van Crittenden fut bien étonné de me
voir arriver avec ma nouvelle amie, à qui j'avais
donné tout de suite le nom de Louison, et qui me
suivait dans les rues comme un jeune chien.

Huit jours après je levai l'ancre, emmenant la
tigresse, qui n'a jamais cessé de me tenir fidèle
compagnie. Une nuit même, dans les parages de
Bornéo, elle m'a sauvé la vie.

Mon brick fut surpris par un temps calme à trois
lieues de l'île. Vers minuit, comme mon équipage,
composé de douze hommes seulement, s'était en-
dormi, une centaine de pirates malais monta tout
à coup à bord et jeta dans la mer le matelot qui
tenait le gouvernail.

Ce meurtre fut commis si promptement, que personne n'entendit le moindre bruit et ne put défendre le malheureux matelot.

De là on courut à la porte de ma chambre pour l'enfoncer. Mais Louison dormait à l'intérieur, au pied de mon lit.

Elle s'éveille au bruit, et commence à grogner d'une manière terrible.

En deux secondes je fus debout, un pistolet dans chaque main, ma hache d'abordage entre les dents.

Au même instant, les pirates enfoncent la porte et se précipitent dans ma cabine. Le premier qui s'avança eut la cervelle brisée d'un coup de pistolet. Le second tomba frappé d'une balle. Le troisième fut jeté à terre par Louison, qui, d'un coup de dent, lui brisa la nuque.

Je fendis la tête au quatrième d'un coup de hache, et je montai sur le pont en appelant mes matelots à l'aide.

Pendant ce temps, Louison faisait merveille. D'un bond elle renversa trois Malais qui voulaient me poursuivre. D'un autre bond elle fut au milieu de la mêlée. Ses mouvements avaient la promptitude de l'éclair.

En deux minutes elle tua six des pirates. Les ongles de ses griffes pénétraient comme des pointes d'épée dans la chair de ces malheureux. Quoiqu'elle perdît son sang par trois blessures, elle n'en pa-

Je versai deux gouttes d'alcali sur la blessure. (Page 41.)

raissait que plus ardente à la bataille et me couvrait de son corps.

Enfin mes matelots arrivèrent, armés de revol
vers et de barres de fer. Dès lors la victoire fut
décidée. Une vingtaine de pirates furent jetés à
l'eau. Les autres s'y jetèrent eux-mêmes pour regagner leurs barques à la nage, et nous ne perdî-
mes qu'un seul homme, celui qui avait été égorgé
d'abord.

Je vous laisse à deviner si Louison fut bien pansée. Depuis cette nuit-là, où elle m'avait payé sa
dette, entre elle et moi, c'est à la vie, à la mort.
Nous ne nous quittons jamais.

Je vous prie donc, messieurs, d'excuser la liberté
que j'ai prise de l'amener jusqu'ici.

Je l'avais laissée dans l'antichambre, mais le
portier l'aura vue, aura pris peur, aura fermé la
porte, et fait sonner le tocsin pour venir à votre
secours.

— Tout ceci, monsieur, dit doucement le président, n'empêche pas que par votre faute, ou par
la faute de Mlle Louison et du portier, nous avons
passé l'après-midi dans la société d'une bête fé-
roce, et que notre dîner en sera refroidi. »

Ici M. le président de l'Académie des sciences de
Lyon fut interrompu par un grand bruit. On entendit les tambours battre, et l'on mit la tête aux
fenêtres.

« Dieu soit loué ! s'écria le secrétaire perpétuel, voici la force publique qui arrive. Nous touchons à la délivrance. »

En effet, trois mille personnes remplissaient la place et les rues environnantes. Une compagnie d'infanterie était à l'avant-garde et chargeait ses fusils en face du palais de l'Académie.

Tout à coup un commissaire de police, ceint d'une écharpe tricolore, s'avança, fit signe aux tambours de se taire et dit d'une voix forte :

« Au nom de la loi, rendez-vous !

— Monsieur le commissaire, cria le président par la fenêtre, il ne s'agit pas de nous rendre, mais d'ouvrir la porte. »

Le commissaire fit signe alors à des ouvriers serruriers, qu'il avait amenés par précaution, de débarrasser la porte d'entrée de tous les obstacles que le portier de l'Académie avait accumulés pour barrer le passage à Louison.

Quand ses ordres eurent été exécutés, l'officier qui commandait la compagnie d'infanterie cria :

« Apprêtez vos armes ! En joue ! »

Et se tint prêt à faire fusiller Louison dès qu'elle paraîtrait.

« Messieurs, dit Corcoran aux académiciens, vous pouvez sortir. Quand vous serez en sûreté, je sortirai moi-même du palais, et Louison ne

Tout à coup un commissaire de police... (Page 46.)

quittera la place qu'après moi. N'ayez donc aucune crainte.

— Surtout, capitaine, pas d'imprudence ! » dit le président en lui serrant la main et lui disant adieu.

Les académiciens se hâtèrent de sortir. Louison les regardait d'un œil étonné, et paraissait prête à s'élancer sur leurs traces; mais Corcoran la retint.

Aussitôt qu'ils furent tous deux seuls dans le palais, Corcoran fit signe à la tigresse de rentrer dans la salle des séances, et s'avança sur le perron pour parler au commissaire.

« Monsieur le commissaire, dit-il, je suis prêt à emmener mon tigre paisiblement, si l'on veut bien me promettre de ne pas lui faire de mal. Nous irons droit au bateau à vapeur qui est sur le Rhône, et je m'engage à enfermer Louison dans ma cabine de manière qu'elle ne pourra gêner ni effrayer personne.

— Non ! non ! à mort le tigre ! cria la foule, qui se réjouissait déjà de la pensée de voir une chasse au tigre.

— Écartez-vous, monsieur, » cria le commissaire.

Corcoran essaya un nouvel effort, mais rien ne put persuader l'inflexible magistrat.

Alors le Malouin parut prendre son parti. Il se

4

pencha vers Louison et l'embrassa tendrement.
On eût dit qu'il lui parlait à l'oreille.

« Voyons, dit l'officier, toutes ces tendresses
sont-elles finies ? »

Corcoran le regarda d'un air qui n'annonçait
rien de bon.

« Je suis prêt, dit-il enfin, mais ne tirez pas, je
vous prie, avant que je sois hors de portée. Je ne
veux pas avoir la douleur de voir mon unique ami
assassiné sous mes yeux. »

On trouva sa demande raisonnable, et quelques
personnes commencèrent même à s'intéresser au
sort de Louison. Corcoran eut donc toute liberté
de descendre l'escalier. Louison, tapie derrière la
porte de la salle, le regardait s'éloigner, mais ne
montrait pas la tête et semblait soupçonner le
danger qui la menaçait. Il y eut un moment de
terrible attente.

Tout à coup Corcoran, qui avait déjà dépassé la
compagnie d'infanterie, se retourna brusquement
et cria trois fois :

« Louison ! Louison ! Louison ! »

A ce cri, à cet appel, le tigre fit un bond terrible
et tomba au pied de l'escalier.

Avant que l'officier eût ordonné de faire feu,
Louison s'élança d'un second bond par-dessus la
tête des soldats et se mit à suivre au grand trot
le capitaine Corcoran.

« Tirez! tirez donc! » criait la foule épouvantée.

Mais l'officier fit désarmer les fusils. Pour atteindre le tigre, on aurait tué ou blessé cinquante personnes. On se contenta donc de suivre Corcoran et Louison jusqu'au port, où ils s'embarquèrent paisiblement, suivant la promesse du capitaine.

Le lendemain, le capitaine Corcoran arriva à Marseille, et attendit les instructions de l'Académie des sciences de Lyon. Ces instructions, rédigées par le secrétaire perpétuel lui-même, étaient dignes de passer à la postérité la plus reculée; mais un malheureux accident obligea plus tard le capitaine à les jeter au feu, de sorte qu'on est réduit à en deviner le contenu par le récit même des actions du célèbre Malouin. Au reste, il suffira de dire qu'elles étaient dignes de la savante Académie qui les avait envoyées et de l'illustre voyageur à qui elles étaient destinées.

IV

Lord Henri Braddock, gouverneur général de l'Indous-
tan, au colonel Barclay, résident, attaché à la per-
sonne d'Holkar, prince des Mahrattes, à Bhagava-
pour, sur la Nerbuddah.

Calcutta, 1er janvier 1857.

« On m'informe de divers côtés qu'il se prépare
quelque chose contre nous, qu'on a surpris des
signes mystérieux échangés entre les indigènes, à
Luknow, à Patna, à Bénarès, à Delhi, chez les
Radjpoutes et jusque chez les Sikhs.

« Si quelque révolte venait à éclater et à gagner
les pays des Mahrattes, l'Inde entière serait en feu
dans l'espace de trois semaines. C'est ce qu'il faut
éviter à tout prix.

« Vous aurez donc soin, aussitôt la présente reçue, d'obliger, sous un prétexte quelconque, Holkar à désarmer ses forteresses et à remettre dans nos mains ses canons, ses fusils, ses munitions et son trésor. Par là, il sera hors d'état de nuire, et son trésor nous servira d'otage dans le cas où, malgré nos précautions, il voudrait faire quelque tentative désespérée. Justement, les coffres de la Compagnie sont vides, et ce renfort d'argent viendrait fort à propos.

« S'il refuse, c'est parce qu'il a de mauvais desseins, et dans ce cas, il ne doit mériter aucun pardon. Vous irez prendre aussitôt le commandement des 13°, 15° et 31° régiments d'infanterie européenne, que sir William Maxwell, gouverneur de Bombay, mettra sous vos ordres avec quatre ou cinq régiments de cavalerie indigène et d'infanterie cipaye. Vous ferez le siége de Bhagavapour, et, quelques conditions que vous demande Holkar, vous ne le recevrez qu'à discrétion. Le meilleur serait qu'il pérît dans l'assaut, comme Tippoo Saheb, car la Compagnie des Indes n'a que trop de ces vassaux indociles, et nous serions délivrés de l'ennui de faire une pension à des gens qui nous détesteront jusqu'à la fin des siècles.

« Au reste je m'en rapporte à votre prudence ; mais hâtez-vous, car on commence à craindre une explosion, et il faut ôter d'avance aux insurgés (s'il doit y avoir insurrection) leurs chefs et leurs armes.

« Braddock, gouverneur général. »

Le colonel Barclay, résident anglais,
au prince Holkar.

Bhagavapour, 18 janvier 1857.

« Le soussigné se fait un devoir de prévenir Son Altesse le prince Holkar qu'il est venu à sa connaissance que ledit prince a fait donner cinquante coups de bâton à son premier ministre Rao, sans qu'aucune action, connue du soussigné, ait pu valoir un traitement aussi cruel ;

« Le soussigné doit aussi prévenir Son Altesse que, à plusieurs reprises, des charrettes pesamment chargées sont entrées pendant la nuit dans la forteresse de Bhagavapour, et que, à divers indices sur lesquels il ne croit pas nécessaire de s'expliquer, il a cru reconnaître des amas d'armes, de vivres et de munitions, ce qui est contraire aux traités et ne peut qu'exciter les justes soupçons de la très-haute et très-puissante Compagnie des Indes ;

« En conséquence et après avoir pris les ordres du gouverneur général, le soussigné, — sans vouloir dépouiller le prince Holkar d'une autorité

contre laquelle s'élève cependant tout le pays, —
le soussigné, dis-je, veut bien pour cette fois
fermer l'oreille à des rapports peut-être trop
fidèles, et, pour offrir au prince Holkar une éclatante occasion de se justifier, se contentera aujourd'hui de demander à Son Altesse qu'elle
remette ses armes, ses canons, ses fusils et son
trésor particulier aux mains du soussigné, qui les
enverra à Calcutta, où le gouverneur général
gardera le tout provisoirement, jusqu'à ce qu'il
ait acquis la preuve certaine de l'innocence
d'Holkar.

« En outre, ledit prince Holkar est invité à remettre aux mains du soussigné sa fille unique Sita,
qui sera conduite à Calcutta avec une suite nombreuse, et qui recevra tous les honneurs dus à
son rang.

« Moyennant quoi Son Altesse conservera éternellement la bienveillante protection de la très-
haute et très-puissante Compagnie des Indes.

« Colonel BARCLAY. »

Le prince Holkar au colonel Barclay, résident.

« Le soussigné se fait un devoir d'inviter le colonel Barclay à sortir immédiatement de Bhagavapour, s'il ne veut avoir la tête coupée avant vingt-
quatre heures par ordre du soussigné. »

Le colonel Barclay à lord Henri Braddock,
gouverneur général.

« Mylord,

« J'ai l'honneur d'envoyer à Votre Seigneurie une copie de la lettre que, suivant vos instructions, j'ai adressée au prince Holkar, et de la réponse dudit Holkar.

« Je pars à l'instant même pour Bombay, où je vais, conformément aux ordres de Votre Seigneurie, prendre le commandement du corps d'armée qui doit réduire Holkar à la raison.

« Agréez, mylord, etc.

« Colonel BARCLAY. »

Or, six semaines environ après que les lettres qu'on vient de lire eurent été échangées entre le seigneur Holkar, le colonel Barclay et lord Henri Braddock, Holkar était assis, tout pensif, sur un tapis de Perse, au sommet de la plus haute tour de son palais que baigne la Nerbuddah, et regardait mélancoliquement la haute cime des monts Vîndhyâ, contemporains de Brahma. A côté de lui se tenait sa fille unique, la belle Sita, qui cherchait à lire dans les yeux de son père toutes ses pensées.

Holkar était un noble vieillard, de pure race indoue, et le descendant de ces princes mahrattes

qui ont disputé la possession de l'Inde aux Anglais.
. Par une exception assez rare, ses aïeux avaient
échappé à la conquête des Persans et des Mogols,
et gardaient derrière leurs montagnes la foi de
Brahma. Holkar lui-même se vantait de descendre
en droite ligne du célèbre Rama, le plus illustre
des anciens héros et le vainqueur de Ravana. C'est
en l'honneur de cette glorieuse origine qu'il avait
donné à sa fille le nom de Sita.

Il avait autrefois combattu les Anglais. Son père
avait été tué dans la bataille, et lui, bien jeune encore, avait gardé son héritage à condition de payer
tribut. Pendant trente ans, il avait espéré se venger un jour ; mais sa barbe avait blanchi, ses deux
fils étaient morts sans postérité, et il ne songeait
plus qu'à vivre en paix et à laisser sa principauté
à sa fille unique, la belle Sita.

Il était environ cinq heures du soir. On n'entendait aucun bruit dans Bhagavapour, la capitale
d'Holkar. Les sentinelles veillaient à leur poste,
les yeux fixés sur l'horizon. Les soldats, accroupis
sur leurs talons, jouaient aux échecs sans dire un
seul mot. Quelques officiers à cheval, armés de
longs cimeterres, parcouraient les rues et veillaient
au maintien de l'ordre. Sur leur passage, tout le
monde s'inclinait en silence. Une tristesse mortelle
semblait avoir envahi Bhagavapour. Holkar lui-
même était abattu. Il voyait venir la tempête. Il

Holkar était assis sur un tapis de Perse. (Page 57.)

savait depuis longtemps que les Anglais voulaient le dépouiller, et il se désespérait en songeant à l'avenir de sa fille. Résigné pour lui-même à la volonté de Brahma, prêt à rentrer dans le grand Être et à retrouver la « Substance Éternelle, » il ne pouvait se résoudre à laisser Sita sans appui.

« Que la volonté de Brahma s'accomplisse ! » dit-il enfin en répondant à sa pensée intérieure.

« Mon père, dit la belle Sita, à quoi songez-vous? »

On chercherait vainement entre le cap Comorin et les monts Himalaya une jeune fille plus charmante que Sita. Elle était droite comme un palmier, et ses yeux étaient comme la fleur du lotus. De plus, elle avait quinze ans à peine, ce qui est, dans l'Inde, l'âge de la suprême beauté.

« Je pense, dit Holkar, que maudit est le jour où je t'ai vue naître, toi, la joie de mes yeux et mon dernier amour sur la terre, puisque je vais mourir en te laissant aux mains de ces barbares roux!

— Mais, dit Sita, n'avez-vous aucun espoir de vaincre?

— Et quand j'aurais cet espoir, crois-tu que je pourrais le donner à mes soldats? La vue seule de ces hommes impurs, qui dévorent la vache sacrée et qui se repaissent de viande crue et de sang,

épouvante nos brahmines. Ah! pourquoi ne suis-
je pas mort avec mon dernier fils? Je n'aurais pas
vu la ruine de tout ce qui m'est cher

— Vous m'oubliez, dit Sita en se levant et en
ourant de ses bras le cou du vieillard.

— Je ne t'oublie pas, ma chère fille, mais je
crains tout pour toi; et pour tes frères je ne craignais que la mort.... J'ai reçu aujourd'hui la nouvelle que le colonel Barclay s'avance dans la vallée
de la Nerbuddah avec une armée. Il est à sept
lieues d'ici, c'est-à-dire à deux jours de marche;
car cette race pesante traîne avec elle tant d'animaux, de fourrages, de chariots, de canons et de
munitions de toute espèce, qu'elle ne fait jamais
plus de deux ou trois lieues par jour Malheureusement, je n'ose leur livrer bataille le long de la
rivière, n'étant pas assez sûr de mon armée. Je
soupçonne ce misérable Rao de vouloir me trahir.
Si j'en ai la preuve, le misérable me payera cher sa
trahison!... Mais... continua-t-il en regardant avec
une longue-vue l'horizon, que signifie ce steamer
que j'aperçois au détour de la rivière? Serait-ce
déjà l'avant-garde de Barclay? »

Au même instant, un coup de canon retentit:
c'était un artilleur de la forteresse qui faisait feu
sur le bateau à vapeur et qui l'avertissait de s'arrêter. Le boulet passa par-dessus le bateau et s'enfonça en sifflant dans la rivière

Arrivée du capitaine Corcoran à Bhagavapour. (Page 65.)

A ce signal, le capitaine du bateau à vapeur arbora le drapeau tricolore et s'avança, sans riposter, vers le rivage. Les Indous, étonnés, ne cherchèrent pas à contrarier sa manœuvre, et le capitaine Corcoran (car c'était lui) mit pied à terre et s'avança d'un air assuré vers la porte du fort. Un sergent et quelques soldats voulurent croiser la baïonnette et lui barrer le passage ; mais Corcoran, sans répondre à leurs questions et à leurs menaces (quoi qu'il entendît très-bien la langue du pays), se retourna lentement et appliqua à ses lèvres un sifflet qui était suspendu à sa ceinture.

Le coup de sifflet retentit, aigu comme la pointe d'une épée, et fit frémir tous les assistants. Mais leur frémissement devint de l'épouvante lorsqu'une magnifique tigresse se montra sur le pont du bateau et répondit au coup de sifflet par un « ronron » formidable.

« Ici, Louison ! » cria Corcoran.

Et il siffla pour la seconde fois.

A ce second appel, Louison bondit hors du bateau à vapeur et se trouva sur la rive, où déjà Corcoran avait fait amarrer son bateau. Une minute après, les officiers, les soldats, les canonniers, les fantassins, les curieux, les hommes, les femmes et les petits enfants avaient pris la fuite dans toutes les directions et laissé là Corcoran, excepté un malheureux chef de poste, celui-là même qui

5

avait fait tirer le coup de canon, et que notre ami
le capitaine venait de saisir par la nuque.

« Lâchez-moi, disait l'Indou en se débattant de
toutes ses forces; lâchez-moi, ou je vais appeler
la garde !

— Et toi, dit Corcoran, si tu fais un pas sans
ma permission, je vais te donner pour souper à
Louison. »

Cette menace rendit le pauvre officier plus do-
cile et plus doux qu'un agneau.

« Hélas ! dit-il, seigneur tout-puissant que je ne
connais pas, retenez votre tigresse, ou je suis un
homme mort ! »

Effectivement, Louison, privée depuis longtemps
de chair fraîche, tournait autour de l'Indou d'un
air affamé. Elle le trouvait appétissant, ni trop
jeune, ni trop vieux, ni trop gras, ni trop maigre,
mais tendre, dodu et bien à point.

Heureusement Corcoran le rassura.

« Quel est ton grade? demanda-t-il.

— Lieutenant, seigneur, répondit l'Indou.

— Mène-moi au palais du prince Holkar.

— Avec votre.... amie? demanda l'Indou qui
hésitait.

— Parbleu ! répliqua Corcoran, crois-tu que je
rougis de mes amis quand je vais à la cour ?

— O Brahma et Bouddah ! pensait le pauvre
Indou, quelle fâcheuse idée ai-je eue de faire tirer

un coup de canon sur ce bateau à vapeur qui ne pensait à rien! Quel besoin avais-je de demander son nom à ce passant qui ne me disait rien? O Rama, héros invincible, prête-moi ta force et ton arc pour que je perce Louison de mes flèches, ou prête-moi ton agilité pour que je puisse prendre mes jambes à mon cou et trouver un asile dans ma maison.

— Eh bien, dit Corcoran, as-tu terminé tes réflexions? Louison s'impatiente.

— Mais, seigneur, répliqua l'Indou, si je vous mène au palais du prince Holkar avec une tigresse sur vos talons, — ou plutôt, hélas! sur les miens, — Holkar vous fera couper le cou.

— Le crois-tu? demanda Corcoran.

— Si je le crois, seigneur! si je le crois! Mais le prince Holkar ne fait jamais sa prière du soir sans avoir fait empaler cinq ou six personnes dans la journée.

— Ah! ah! cet Holkar me plaît.... Je me décide; nous verrons lequel de lui ou de moi empalera l'autre.

— Mais, seigneur, il commencera par moi, certainement.

— Ah! que de raisons! Marche devant, ou je mets Louison à tes trousses. »

Cette menace rendit le courage à l'Indou. Après tout, il n'était pas bien sûr qu'Holkar le fît empaler, tandis qu'il voyait à six pouces de distance les dents et les griffes de Louison.

Il adressa donc intérieurement une dernière prière à Brahma, « Père de tous les êtres, » et marcha d'un pas rapide vers la porte du palais. Corcoran le suivait de près, et Louison, toute joyeuse, bondissait à côté de son maître comme un lévrier caressant.

Grâce à cette double escorte, Corcoran entra sans peine dans le palais. Tout le monde s'écartait sur son passage. Mais lorsqu'il fut arrivé au pied de la tour où le prince Holkar était assis avec sa fille, l'Indou refusa d'aller plus loin.

« Seigneur, dit-il, si je monte avec vous, ma mort est certaine. Avant que j'aie pu dire un seul mot pour me justifier, Holkar me fera couper la tête ; et vous-même, seigneur, si vous persistez dans ce dessein téméraire, vous ferez bien....

— Bon ! bon ! répliqua Corcoran, Holkar n'est pas si méchant qu'on le dit, et j'en suis sûr, il ne refusera rien à mon amie Louison. Pour toi, c'est autre chose. Va-t'en, poltron !

— Seigneur, dit humblement l'Indou, aucune tête ne va aussi bien à mes épaules que la mienne propre, et s'il plaisait à ce grand prince de l'abattre, je ne connais aucun onguent qui pût la recoller.... Que Brahma et Bouddah soient avec vous ! »

En même temps il s'enfuit.

Corcoran ne chercha pas à le retenir et monta sans s'arrêter les deux cent soixante marches qui conduisaient à la terrasse d'où le prince Holkar contemplait en silence la vallée de la Nerbuddah.

Louison précédait son maître et parut la première sur la terrasse.

A cette vue, la belle Sita poussa un cri de frayeur et le prince Holkar se leva brusquement, prit à sa ceinture un pistolet et fit feu sur Louison.

Heureusement la balle frappa sur le mur, s'aplatit et ricocha sur Corcoran, qui suivait de près son amie et qui reçut une légère contusion à la main.

« Vous êtes vif, seigneur Holkar ! s'écria le capitaine sans s'étonner de l'accident.... Ici, Louison ! »

Il était temps de retenir la tigresse, qui allait bondir sur son ennemi et le mettre en pièces.

« Ici, mon enfant ! continua Corcoran. Là, c'est bien !... Couchez-vous à mes pieds !... Très-bien !... Et maintenant, allez, en rampant, présenter vos respects à la princesse.... Ne craignez rien, madame, Louison est douce comme un agneau.... Elle va vous demander pardon de vous avoir effrayée.... Va, Louison, va, ma chérie, demander pardon à cette belle princesse.... »

Louison obéit, et Sita, rassurée, la caressa doucement de la main, ce qui parut flatter beaucoup la tigresse.

Cependant Holkar se tenait toujours sur la dé-
fensive.

« Qui êtes-vous? demanda-t-il avec hauteur.
Comment avez-vous pénétré jusqu'ici? Suis-je
déjà trahi par mes propres esclaves et livré aux
Anglais?

— Seigneur, répliqua Corcoran d'un ton doux,
vous n'êtes pas trahi ; et s'il est une chose dont je
remercie Dieu, après la bonté qu'il a eue de me
faire Breton et de m'appeler Corcoran, c'est surtout de ne m'avoir pas fait Anglais. »

Holkar, sans lui répondre, prit un petit marteau
d'argent et frappa sur un gong.

Personne ne parut.

« Seigneur Holkar, dit Corcoran en souriant,
personne n'est à portée de vous entendre. A la vue
de Louison, tout le monde a pris la fuite. Mais
rassurez-vous. Louison est une fille bien élevée
et qui sait se conduire.... Et maintenant, seigneur,
quelle trahison craignez-vous?

— Si vous n'êtes pas Anglais, répliqua Holkar,
qui êtes-vous et d'où venez-vous?

— Seigneur, dit Corcoran, il y a dans ce vaste
univers deux espèces d'hommes, ou, si vous le
voulez, deux races principales, — sans compter
la vôtre, — c'est le Français et l'Anglais, qui sont
l'un à l'autre ce que le dogue est au loup, ce que
le tigre est au buffle, ce que la panthère est au

serpent à sonnettes. Ce sont deux races affamées,
l'une de louanges, l'autre d'argent, — mais toutes
deux également batailleuses et prêtes à se mêler
des affaires d'autrui sans y être invitées. J'appar-
tiens à la première de ces deux races. Je suis le
capitaine Corcoran....

— Quoi! dit Holkar, vous êtes ce célèbre capitaine qui commandait le brick du *Fils de la Tempête ?*....

— Célèbre ou non, dit le Breton, je suis ce capitaine Corcoran.

— Et c'est vous, demanda encore Holkar, qui
avez, surpris près de Singapore par deux cents pirates malais et n'ayant avec vous que sept hommes d'équipage, jeté ces brigands à la mer?

— C'est moi, dit Corcoran. Où donc avez-vous
lu cette histoire?

— Dans le *Bombay-Times*. Car ces coquins d'Anglais sont instruits les premiers de tout ce qui se
fait sur l'Océan, et même ils avaient pendant quelque temps essayé de faire croire que ce Corcoran
était un Anglais.

— Un Anglais! Moi! s'écria le capitaine avec indignation.

— Oui, mais l'erreur n'a pas duré longtemps
On pendit, comme vous devez le savoir, une douzaine de ces coquins de Malais....Mais un treizième
échappa pendant qu'on le conduisait à la potence,

se glissa dans les rues de Singapore, y resta caché quelque temps et trouva moyen de s'embarquer sur un bateau chinois, d'où il passa à Calcutta, et de Calcutta il est venu chercher un asile ici. C'est un Indou musulman. C'est lui qui a raconté par quelle aventure il s'était rencontré face à face avec vous, et.... tenez.... le voici.... »

En effet, un esclave paraissait en ce moment sur le seuil de la terrasse. C'était un homme assez grand, bien fait et même beau à la manière des Européens, mais avec des membres un peu grêles et qui indiquaient plus d'agilité que de force.

A la vue de Corcoran et surtout de Louison qui poussa un rugissement formidable, l'esclave parut prêt à fuir, mais Holkar le rappela.

« Ali ! dit-il.

— Seigneur !

— Regarde bien cet étranger au teint blanc. Le connais-tu ? »

Ali s'avança d'un air indécis ; mais à peine eut-il regardé Corcoran, qu'il s'écria :

« Maître, c'est lui !

— Qui ? lui !

— Le capitaine ! Et c'est elle ! ajouta-t-il en montrant la tigresse.... Seigneur, seigneur, ne me perdez pas !

— Bon ! dit gaiement Corcoran, est-ce que nous avons de la rancune, Louison et moi ? Va, mon brave, tu aurais pu être pendu ; tu as su retirer à temps ta tête du nœud coulant qui déjà serrait ton cou. Je ne t'en veux pas ; et le prince Holkar a bien fait de te prendre à son service, s'il aime les gens de sac et de corde.

— Mais, dit Holkar, d'où vient ce désordre que je vois d'ici dans les rues de Bhagavapour? Qu'est-ce que tous ces cris que j'entends, ces coups de fusil et ces roulements de tambour?

— Seigneur, dit Ali, c'est pour vous en avertir que je suis venu ici sans y être appelé. Quand le capitaine Corcoran a mis pied à terre sur le quai, on a cru que c'était un envoyé des Anglais. Votre ancien ministre Rao a répandu le bruit que vous aviez été tué d'un coup de pistolet et que l'armée anglaise était à deux lieues de la ville. Il a soulevé une partie des troupes et parle de ses droits à la couronne.

— Ah! le traître! dit Holkar. Je vais le faire empaler.

— En attendant, il assure qu'il a l'appui des Anglais, et il a commencé le siége du palais.

— Ah! ah! fit Corcoran, la situation devient intéressante. »

Jusque-là la belle Sita avait gardé le plus profond silence ; mais en voyant le danger que courait son père, elle s'élança au-devant du capitaine Corcoran, et lui prenant les mains :

« Ah! seigneur! dit-elle en pleurant, sauvez-le!

— Parbleu ! dit Corcoran, il ne sera pas dit que j'aurai résisté aux prières et aux larmes de deux si beaux yeux! . Seigneur Holkar, pouvez-vous me faire donner un revolver et une cravache?... Avec ces deux armes, je réponds de tout et en particulier du traître Rao.

Ali se hâta d'apporter le revolver et la cravache. Puis le prince, Corcoran et Ali descendirent les marches de l'escalier, pendant que la belle Sita, prosternée, invoquait pour ses défenseurs la protection de Brahma.

Un petit nombre de soldats défendaient l'entrée du palais et paraissaient près de céder à l'effort de la foule. Trois régiments de cipayes assiégeaient les portes et faisaient entendre des cris séditieux. Rao à cheval les commandait et les excitait à tenter l'assaut. Les balles sifflaient de tous côtés et les rebelles amenaient des canons pour enfoncer les portes. Corcoran jugea qu'il n'y avait pas une minute à perdre.

« Ouvrez les portes ! dit-il, je réponds de tout. »

L'air assuré du capitaine rendit la confiance à son hôte. Il fit ouvrir les portes, et cette action étonna tellement les cipayes, qui craignaient un piége, qu'ils reculèrent instinctivement. La fusillade cessa aussitôt et un grand silence se fit sur la place.

Corcoran demanda d'une voix forte:

« Où est le seigneur Rao ?

— Me voici, répliqua Rao qui s'avança à cheval, suivi de son état-major. Est-ce que Holkar se rend à discrétion ?

— Parbleu ! dit Corcoran, voilà un impudent drôle ! »

En même temps, il siffla légèrement.

A ce coup de sifflet, Louison parut.

« Ma chérie, dit Corcoran, va me cueillir ce coquin sur son cheval ; ne lui fais aucun mal. Prends-le délicatement entre la mâchoire supérieure et l'inférieure, sans le casser ni le déchirer, et apporte-le-moi ici.... Tu m'entends bien, chérie ?... »

Et du geste, il désignait le malheureux Rao.

Aussitôt celui-ci voulut tourner bride ; malheureusement son cheval se cabra et se mit à ruer. Les chevaux de l'état-major ne montrèrent pas plus de calme. Les officiers généraux tournèrent le dos promptement et se mirent à galoper en désordre au travers des rangs de l'infanterie, de peur d'être confondus par Louison avec le traître Rao.

Celui-ci aurait bien voulu suivre cet exemple, mais le destin ne le permit pas. Déjà Louison avait bondi sur la croupe de son cheval. Elle saisit le malheureux par la ceinture et sauta à terre en le désarçonnant. Puis, comme un chat qui tient dans sa gueule une souris, et qui ne veut pas la

tuer tout de suite, elle le déposa à demi évanoui
aux pieds du capitaine.

« C'est bien, mon enfant, dit affectueusement
Corcoran.... Je te donnerai du sucre à souper....
Ali, désarme-moi ce vieux coquin et garde-le prisonnier, pendant que je vais parler à ces imbé-
ciles. »

Puis, s'avançant, cravache en main, à cinq pas
du premier rang des cipayes, dont les fusils étaient
chargés et prêts à faire feu :

« Est-il quelqu'un de vous, dit-il, qui veuille
être pendu, ou empalé, ou décapité, ou écorché
vif, ou livré à Louison... Personne ne répond ? »

En effet, la frayeur était générale. La seule vue
du capitaine, qui semblait tomber du ciel, étonnait les superstitieux Indous. Les griffes et les
dents de Louison les effrayaient encore davantage.
Et enfin pourquoi et pour qui se révolter, Rao
étant aux mains d'Holkar ?

Aussi tout le monde s'empressa de crier « Vive
le prince Holkar ! »

« C'est bien ! dit Corcoran. Je vois que vous êtes
restés fidèles à votre prince légitime.... Maintenant désarmez-moi les trois colonels, les trois
lieutenants colonels et les trois majors....

— C'est bien.... attachez-leur les pieds et les
mains et couchez-les sur ce pavé,... C'est parfait....
Et vous, mes enfants, retournez tranquillement

Elle saisit le malheureux par la ceinture. (Page 73.)

dans vos casernes, et si j'entends dire qu'un seul de vous a murmuré, je le donnerai pour déjeuner à Louison.... Bonne nuit, mes enfants; et nous, seigneur Holkar, allons souper. »

V

La table était dressée dans une cour intérieure, près d'un jet d'eau qui rafraîchissait l'air sous la voûte étoilée du ciel. Holkar, sa fille aux yeux de lotus et le capitaine Corcoran étaient seuls assis à la mode européenne. Une vingtaine de serviteurs servaient et desservaient autour d'eux. Les convives mangeaient en silence avec la gravité des souverains d'Asie.

A côté d'eux, Louison, couchée entre son maître et la belle Sita, recevait d'eux sa nourriture et promenait de l'un à l'autre ses regards caressants.

Sita, reconnaissante du service rendu et fière de l'obéissance de la tigresse, la traitait comme un lévrier favori, lui prodiguant le sucre et les

flatteries ; et Louison, trop intelligente pour ne
pas comprendre les bonnes intentions de Sita, lui
témoignait sa reconnaissance en remuant doucement la queue et en allongeant voluptueusement
le cou lorsque la jeune fille posait sa main sur la
tète de sa nouvelle amie.

Enfin Holkar fit un signe ; les esclaves se retirèrent et le laissèrent seul avec sa fille et Corcoran.

« Capitaine, dit Holkar en tendant la main à
celui-ci, vous venez de sauver ma vie et mon
trône. Comment pourrai-je vous en témoigner ma
reconnaissance ? »

Corcoran leva la tête d'un air étonné

« Seigneur Holkar, dit-il, le service que je vous
ai rendu est si peu de chose, qu'en vérité nous
ferons mieux, vous et moi, de n'en rien dire. Dans
tous les cas, la meilleure part en revient à Louison, qui a montré dans toute cette affaire un tact
et une délicatesse qu'on ne saurait trop louer.
Elle avait mal déjeuné. Elle avait faim. Elle était,
quoique tigresse, d'une humeur de dogue. Vous
veniez de tirer sur elle un coup de pistolet.... Je
ne vous le reproche pas. C'est l'effet d'une erreur
bien excusable.... Vous l'aviez manquée ; elle aurait pu ne faire de vous qu'une bouchée. Elle a
su contenir son appétit, réprimer ses passions
brutales. C'est beaucoup, si vous songez à la mau-

vaise éducation qu'elle avait reçue dans les forêts
de Java.... Sur ces entrefaites, un coquin ameute
vos cipayes, ce qui, entre nous, ne me paraît pas
difficile, et les lance contre vous. Là-dessus, vous
voulez sortir du palais et vous faire égorger
comme un poulet; mais Louison devine votre dessein ; elle s'élance, elle saisit le malheureux Rao
par derrière, aux environs de la ceinture......
(hélas ! je crains bien qu'il ne puisse plus jamais
s'asseoir) et elle le dépose à vos pieds.... Franche-
ment, s'il y a un bienfaiteur ici, c'est Louison.
Pour moi, je n'ai fait que suivre le chemin tracé
par elle.

— Seigneur Corcoran, dit la belle Sita, je vous
dois la vie et l'honneur. Je ne l'oublierai jamais. »

Et elle tendit la main au capitaine, qui la prit
et la baisa avec respect.

« Je sais, capitaine, dit Holkar, que vous êtes
d'une nation généreuse et que vous ne faites point
payer vos services ; mais ne puis-je à mon tour
vous être utile en rien ?

— Utile, cher seigneur ! s'écria Corcoran ; mais
vous m'êtes tout à fait nécessaire.... Savez-vous
que je suis venu chercher ici un vieux manuscrit dont la seule pensée fait tressaillir de joie
tous les docteurs de France et d'Angleterre !
Savez-vous que l'Académie des sciences de Lyon
a fait les frais de mon voyage, de sorte que Loui-

son et moi nous voyageons dans l'intérêt de la science, sous la protection du gouvernement français ; que nous avons des lettres de recommandation pour tous les hauts fonctionnaires du gouvernement anglais dans l'Inde, et que j'ai pour vous-même une lettre du célèbre sir William Barrowlinson, président de la *Geographical, colonial, statistical, geological, orographical, hydrographical and photographical Society*, dont le siége est à Londres, dans Oxford street, 1831 Tenez, la voici. »

En même temps, il tira de son portefeuille une lettre fermée par un large cachet rouge, orné des armoiries du savant baronnet et de sa devise, qui date (il l'assure du moins) de son grand-père, compagnon d'armes de Guillaume le Conquérant : *Regi meo fidus.*

(Et, en effet, sir William Barrowlinson avait mille raisons d'être *fidèle à son roy*, comme l'annonçait la devise, car ledit roi avait fait dudit Barrowlinson, dès l'âge de vingt ans, l'un des plus grands seigneurs de la Compagnie des Indes, et avait accumulé sur lui de tels honoraires et des fonctions si importantes, que, si une déplorable gastrite ne s'était pas jetée au travers et n'avait pas entravé l'avancement de sir William, on l'aurait vu, vers trente-deux ou trente-trois ans, vice roi de l'Inde, c'est-à-dire maître à peu près ab-

solu de cent millions d'hommes. Mais la gastrite
le força de retourner en Angleterre avec une pension viagère de trois cent mille francs. Moyennant quoi, il fut membre du Parlement, traduisit
tant bien que mal quinze ou dix-huit pages des
Védas, fit continuer la traduction sous son nom
par un secrétaire, daigna présider la *Geographical,
colonial, statistical, orographical, hydrographical and
photographical Society* et devint membre corres-
pondant de l'Institut de France.)

C'est de ce puissant seigneur que venait la lettre
de recommandation présentée au prince Holkar
par le capitaine Corcoran. Elle était conçue en ces
termes :

« Londres.... 1857.

« Le soussigné, sir William Barrowlinson, a
l'honneur de prévenir Son Altesse le prince Holkar
du passage d'un jeune savant français, M. Corcoran, qui se propose, sur les indications de l'Académie des sciences de Lyon et sur les nôtres, de
rechercher le manuscrit original du Ramabaga-
vattanâ, qu'on croit avoir été déposé vers les
sources de la Nerbuddah, dans un asile que Son
Altesse le prince Holkar (c'est du moins l'avis du
soussigné) doit connaître mieux que personne.
Le soussigné ose se flatter que les relations inti-
mes de bonne amitié et de bon voisinage qui ont
toujours existé et qui ne cesseront jamais d'exis-

ter (du moins c'est la ferme espérance du soussigné) entre Son Altesse Sérénissime le prince
Holkar et la très-haute, très-sublime, très-puissante et très-invincible Compagnie des Indes, en
gageront Son Altesse à favoriser par tous les
moyens possibles les recherches scientifiques dont
le capitaine Corcoran a été chargé par l'Académie
des sciences de Lyon et avec l'autorisation de Sa
très-gracieuse et très-noble Majesté Victoria, première du nom, souveraine des trois royaumes
unis d'Angleterre, d'Écosse et d'Irlande.

« A cet effet, le soussigné, sir William Barrowlinson, président de la *Geographical, colonial, statistical, geological, orographical, hydrographical and
photographical Society*, se fait un devoir de prier
Son Altesse Sérénissime de mettre à la disposition
dudit capitaine tous les moyens matériels, tels
que chevaux, éléphants, palanquins, ouvriers,
cavaliers, sowars, cipayes, et généralement tous
les instruments dont il croira avoir besoin pour
son expédition; — s'engageant, ledit sir William
Barrowlinson, tant en son nom qu'au nom de
l'Académie des sciences de Lyon, à couvrir les frais
et rembourser les sommes dont Son Altesse
pourra, grâce à sa complaisance, créditer le jeune
et savant voyageur.

« Le soussigné croit devoir, en outre, prévenir
Son Altesse que la mission du capitaine Corcoran

(il en répond sur son honneur) est et demeurera
étrangère à la politique.

« Enfin, le soussigné a la confiance que le gentleman qu'il demande respectueusement la permission de présenter à Son Altesse, fera de toute
manière honneur à la noble nation dont il est citoyen, à la nation glorieuse qui le protége, à la
science qu'il sert, à l'illustre et savante assemblée
qui l'envoie, au soussigné qui le recommande.

« C'est dans ces sentiments que le soussigné se
rappelle respectueusement et affectueusement au
souvenir de Son Altesse, espérant que le temps
n'a pas affaibli l'amitié dont le prince Holkar a
bien voulu autrefois favoriser le soussigné, et
dont le soussigné a gardé et gardera éternellement
au fond du cœur le plus reconnaissant souvenir.

« Sir WILLIAM BARROWLINSON, baronnet, M. P. »

Dès que le prince Holkar eut terminé sa lecture, il tendit la main à Corcoran et lui dit :

« Mon cher ami, entre nous il n'est plus besoin
de ces lettres, et celle de sir William Barrow-
inson, dans les termes où j'en suis aujourd'hui
avec les Anglais, ne vous aurait pas rendu grand
service, si je ne savais d'ailleurs qui vous êtes et
si je n'avais vu avec quel courage vous m'avez
sauvé la vie. Par malheur, le colonel Barclay est
en marche, je le sais, sur Bhagavapour, et, si je

l'ignorais, la trahison déclarée de Rao me l'aurait
appris ce soir; en sorte que je ne puis pas vous
aider beaucoup dans vos recherches. Je crains
même que mon amitié ne vous nuise auprès des
anglais.

— Seigneur Holkar, dit le capitaine, ne vous
occupez ni de moi ni des Anglais. Si le colonel
Barclay me traite autrement qu'en ami, fût-il au
milieu de trente régiments, il apprendra de quelle
pesanteur est ma main quand elle frappe. N'ayez
donc aucun souci de moi; peut-être, au contraire,
pourrai-je vous servir et faire votre paix....

— Faire ma paix avec ces barbares! s'écria
Holkar dont les yeux brillèrent de fureur. Ils ont
tué mon père et mes deux frères; ils ont pris la
moitié de mes États et pillé l'autre; par le resplendissant Indra, dont le char traverse le firma-
ment et porte la lumière aux extrémités les plus
reculées de l'univers, s'il ne fallait que donner
mes trésors et ma vie pour jeter le dernier de ces
barbares roux au fond de la mer, je n'hésiterais
pas une minute; oui, je le jure, et j'irais dès aujourd'hui rejoindre comme mes aïeux la Substance
éternelle et incorruptible.

— Et tu me laisserais seule sur la terre! interrompit la belle Sita avec un accent de doux reproche.

— Ah! pardonne, mon enfant chérie, dit le

vieillard en serrant sa fille sur son cœur. Le nom
seul de ces Anglais me cause de l'horreur. Je prie
le capitaine de m'excuser....

— Faites, mon cher hôte, dit Corcoran, et ne
vous gênez pas pour maudire les Anglais. Pour
moi, excepté sir William Barrowlinson, qui m'a
paru un fort brave homme, bien qu'un peu prolixe
dans ses explications, je ne fais pas plus de cas
d'un Anglais que d'un hareng saur ou d'une sar-
dine à l'huile. Je suis Breton et marin, c'est tout
dire. Entre la race saxonne et moi, il n'y a pas de
tendresse perdue.

— Ah! vous me faites plaisir, capitaine, dit
Holkar; j'avais peur d'abord que vous ne fussiez
de leurs amis, et quand je pense à l'avenir qu'ils
réservent à ma pauvre Sita, mon sang bout de
fureur dans mes vieilles veines, et je voudrais
couper la tête de tous les Anglais qui sont dans
l'Inde.... Mais n'en parlons plus, et toi, ma chère
Sita, pour calmer cet emportement, lis-moi, je te
prie, quelques passages de l'un de ces beaux livres
qui ont célébré la gloire et charmé les loisirs de
nos ancêtres.

— Veux-tu, dit Sita, que je te lise un passage
du Ramayana, et les plaintes si touchantes du roi
Daçaratha, lorsque, étant à son lit de mort, il s'af-
fligeait de n'avoir pas près de lui Rama, son fils
chéri, ce héros invincible, et qu'il s'accusait lui-

même d'avoir mérité ce châtiment des dieux pour
avoir commis dans sa jeunesse un meurtre invo-
lontaire ?

— Eh bien, lis, » répliqua Holkar.

Aussitôt Sita se leva, alla chercher le livre et
lut :

« J'arrivai sur les rives désertes de la rivière
Carayou où m'attirait le désir de tirer sur une bête,
sans la voir, au bruit seul, grâce à ma grande
habitude des exercices de l'arc. Là, je me tenais
caché dans les ténèbres, mon arc toujours bandé
en main, près de l'abreuvoir solitaire où la soif
amenait, pendant la nuit, les quadrupèdes habitants des forêts.

« Alors, j'entendis le son d'une cruche qui se
remplissait d'eau, bruit tout semblable au bruit
que murmure un éléphant. Moi, aussitôt d'enco-
cher à mon arc une flèche perçante, bien empen-
née, et de l'envoyer rapidement, l'esprit aveuglé
par le destin, sur le point d'où m'était venu ce
bruit.

« Dans le moment que mon trait lancé toucha
le but, j'entendis une voix jetée par un homme
qui s'écria sur un ton lamentable : « Ah! je suis
« mort! Comment se peut-il qu'on ait décoché
« une flèche sur un ascète de ma sorte? A qui est
« la main si cruelle qui a dirigé son dard contre
« moi? J'étais venu puiser de l'eau pendant la

« nuit dans le fleuve solitaire. A qui donc ai-je
« fait ici une offense? »

« Il dit, et moi, à ces lamentables paroles, l'âme
troublée et tremblant de la crainte que m'inspirait cette faute, je laissai échapper les armes que
je tenais à la main. Je me précipitai vers lui, et
je vis, tombé dans l'eau, frappé au cœur, un jeune
infortuné, portant la peau d'antilope et le djatâ
des panthères.

« Lui, profondément blessé, il fixa les yeux sur
moi, comme s'il eût voulu me consumer par le
feu de sa rayonnante sainteté :

« Quelle offense ai-je commise envers toi, dit-il,
« Kchatriya, moi solitaire, habitant des bois, pour
« mériter que tu me frappasses d'une flèche,
« quand je voulais prendre ici de l'eau pour mon
« père? Les vieux auteurs de mes jours, sans
« appui dans la forêt déserte, ils attendent main-
« tenant, ces deux pauvres aveugles, dans l'espé-
« rance de mon retour. Tu as tué par ce trait seul
« et du même coup trois personnes à la fois,
« mon père, ma mère et moi : pour quelle raison?

« Va promptement, fils de Raghon, va trouver
« mon père et raconte-lui cet événement fatal, de
« peur que sa malédiction ne te consume, comme
« le feu dévore un bois sec! Le sentier que tu vois
« mène à l'ermitage de mon père; hâte-toi de t'y

« rendre, mais avant retire-moi vite la flèche. »

« Voilà en quels termes me parla ce jeune
homme. A sa vue j'étais tombé dans un extrême
abattement.

« Ensuite, hors de moi, je retirai à contre-cœur,
mais avec un soin égal en mon désir extrême de
lui conserver la vie, cette flèche entrée dans le
sein du jeune ermite ; mais à peine mon trait fut-il
ôté de la blessure, que le fils de l'anachorète,
épuisé de souffrances, et respirant d'un souffle qui
s'échappait en douloureux sanglots, eut quelques
convulsions, roula ses yeux et rendit le dernier
soupir.

« Alors je pris sa cruche, et je me dirigeai vers
l'ermitage de son père.

« Là, je vis ses deux parents, vieillards infor-
tunés, aveugles, n'ayant personne qui les servît,
et semblables à deux oiseaux les ailes coupées.
Assis, désirant leur fils, ces deux vieillards affligés s'entretenaient de lui.

« Comme il entendit le bruit de mes pas, l'anachorète m'adressa la parole : « Pourquoi as-tu
« tardé si longtemps, mon fils ? ta bonne mère, et
« moi aussi, nous étions affligés d'une si longue
« absence. Si j'ai fait, ou même si ta mère a fait
« une chose qui te déplaise, pardonne et ne sois
« plus désormais si longtemps, en quelque lieu
« que tu ailles. Tu es le pied de moi, qui ne peux

« marcher; tu es l'œil de moi, qui ne peux voir;
« mais pourquoi ne me parles-tu pas? »

« A ces mots, m'étant approché doucement de
ce vieillard, les mains jointes, la gorge pleine de
sanglots, tremblant et d'une voix que la terreur
faisait balbutier :

« Je suis un Kchatriya, lui dis-je. On m'appelle
Daçaratha, je ne suis pas ton fils, je viens chez
toi parce que j'ai commis un forfait épouvantable. » Et je lui racontai le meurtre du jeune
anachorète.

« A ces paroles, le vieillard demeura un instant
comme pétrifié; mais quand il eut repris l'usage
de ses sens :

« Si, devenu coupable d'une mauvaise action,
« me dit-il, tu ne me l'avais confessée d'un mou-
« vement spontané, ton peuple même en eût porté
« le châtiment, et je l'eusse consumé par le feu
« d'une malédiction !

« Ce crime eût bientôt précipité Brahma de son
« trône, où il est cependant fermement assis. Dans
« ta famille, le paradis fermerait ses portes à sept
« de tes descendants et à sept de tes ancêtres.

« Mais tu as frappé celui-ci à ton insu, c'est pour
« cela que tu n'as pas cessé d'être. Allons, cruel !
« conduis-moi au lieu où ta flèche a tué cet en-
« fant, où tu as brisé le bâton d'aveugle qui ser-
« vait à me guider ! »

« Alors, seul, je conduisis les deux aveugles à
ce lieu funèbre, où je fis toucher à l'anachorète comme à son épouse le corps gisant de leur
fils.

« Impuissants à soutenir le poids de ce chagrin,
à peine ont-ils porté la main sur lui que, poussant
l'un et l'autre un cri de douleur, ils se laissent
tomber sur leur fils étendu par terre. La mère,
baisant le pâle visage de son enfant, se met à gémir, comme une tendre vache à qui l'on vient
d'arracher son jeune veau.

« Yadjnadatta, ne te suis-je pas, disait-elle,
« plus chère que la vie? Comment ne me parles-
« tu pas au moment où tu pars, auguste enfant,
« pour un si long voyage? Donne à ta mère un
« baiser maintenant, et tu partiras après que tu
« m'auras embrassée; est-ce que tu es fâché contre
« moi, ami, que tu ne me parles pas? »

« Et le père affligé, et tout malade même de sa
douleur, tint à son fils mort, comme s'il était vivant, ce triste langage, en touchant çà et là ses
membres glacés :

« Mon fils, ne reconnais-tu pas ton père, ven
« ici avec ta mère? Lève-toi maintenant. Viens
« prends, mon ami, nos cous réunis dans tes bras
« Qui désormais nous apportera des bois la ra
« cine et le fruit sauvage? Et cette pénitente
« aveugle, courbée sous le poids des années, ta

C'était un fakir à demi-nu. (Page 97.)

« mère, mon fils, comment la nourrirai-je, moi
« qui suis aveugle comme elle ?

« Ne veuille donc pas encore t'en aller de ces
« lieux : demain tu partiras, mon fils, avec ta
« mère et moi. »

Ici la belle Sita interrompit sa lecture. Holkar
l'écoutait d'un air pensif. Corcoran lui-même se
sentait ému et regardait avec admiration le visage
doux et charmant de la jeune fille.

Cependant il était déjà minuit, et Holkar allait
congédier son hôte, lorsqu'Ali entra dans la cour
et, sans dire une parole, s'avança vers son maître,
les mains élevées en forme de coupe.

« Qui est là ? Que veux-tu ? demanda Holkar

— Puis-je parler ? » répliqua l'esclave en dé-
signant Corcoran d'un regard.

Celui-ci allait se retirer par discrétion, mais
Holkar le retint.

« Restez, dit-il, vous n'êtes pas de trop.... Et
toi, parle vite.

— Seigneur, dit Ali, il vient d'arriver un message de Tantia Topee.

— De Tantia Topee ! s'écria Holkar, dans les yeux
de qui brilla une lueur de joie. Qu'il vienne ! »

Le messager entra dans la cour. C'était un fakir,
à demi nu, de la couleur du bronze, et dont la
physionomie impassible semblait ne connaître ni
la douleur ni le plaisir

7

Il se prosterna devant Holkar et attendit en silence que celui-ci lui eût donné l'ordre de se re lever.

« Qui es-tu ? dit Holkar.

— Je m'appelle Sougriva.

— Brahmine, ou non ?

— Brahmine. C'est Tantia Topee qui m'envoie.

— Quel est le signe de ta mission demand/ Holkar.

— Le voici, » répondit le fakir.

En même temps il retira, de la pagne qui lu servait de vêtement, une sorte de mouchoir bizarrement découpé, sur lequel étaient tracés des mots sanscrits.

« Ah ! Ah ! s'écria Holkar après avoir regardé le mouchoir avec attention, le moment approche.

— Oui, dit le fakir. L'affaire doit être commencée dès aujourd'hui à Meerut.

— Capitaine, dit Holkar, vous m'aviez dit que vous n'aimiez pas les Anglais ?

— Je ne les déteste pas non plus, dit Corcoran, mais je ne me soucie guère de ce qui peut leur arriver.

— Eh bien! capitaine, avant peu vous verrez du nouveau, et le colonel Barclay pourrait bien tourner bride avec son armée avant la fin du mois.

— En vérité ! dit Corcoran, et c'est de ce moricaud que vous tenez ces nouvelles ?

Il alla tranquillement se coucher. (Page 102.)

— Oui, dit Holkar. Ce moricaud est un homme sûr qui sert de messager à mon ami Tantia Topee.

— Et qu'est ce que votre ami Tantia Topee?

— Je vous le dirai demain. Le colonel Barclay ne sera pas ici avant trois jours ; nous avons donc encore deux jours de liberté. Demain, si vous voulez, nous irons à la chasse du rhinocéros. Le rhinocéros est un gibier de prince, et l'on n'en trouverait peut-être pas deux cents dans toute l'Inde. Au revoir, capitaine.

— A propos, dit Corcoran, qu'avez-vous fait de ce Rao ? Ne voulez-vous pas le faire juger ?

— Rao! dit Holkar. Il est jugé, capitaine. Avant souper, j'ai donné des ordres pour qu'il fût empalé.

— Peste! s'écria Corcoran, vous êtes expéditif, seigneur Holkar.

— Mon ami, dit Holkar, aussitôt pris, aussitôt empalé ; c'est ma maxime. Ne voudriez-vous pas que j'eusse assemblé une Cour de justice comme celle de Calcutta? Avant que le procureur eût parlé, que l'avocat eût répliqué, que les juges eussent délibéré, les Anglais seraient peut-être entrés dans Bhagavapour et auraient sauvé la vie à ce coquin, leur complice. Non, non, il s'est laissé prendre ; il paye pour tous.

— Après tout, dit Corcoran en étendant les

bras, car il avait une grande envie de dormir, je
n'en parlais que par curiosité. Au revoir, seigneur
Holkar. »

Et suivant Ali qui lui montrait le chemin, il
alla tranquillement se coucher.

VI

Mais il était décidé que le brave capitaine ne dormirait pas tranquillement cette nuit-là, car à peine était-il étendu sur son lit, lorsqu'un grand bruit se fit entendre. Corcoran se leva, s'appuya sur un coude, siffla légèrement Louison et lui dit tout bas :

« Attention ! Louison ! Debout, paresseuse ! »

Louison le regarda à son tour, prêta l'oreille, remua la queue doucement pour faire voir qu'elle avait compris l'appel du capitaine, se leva lentement sur ses pattes, alla droit à la porte de la chambre, écouta encore et revint tranquillement vers Corcoran, comme si elle avait attendu ses ordres.

« Bien ! dit celui-ci, je t'entends, ma chérie. Tu

veux dire que le danger n'est pas pressant? Tant
mieux, car j'aimerais à dormir un peu. Et toi? »

La tigresse écarta légèrement ses lèvres sur-
montées de moustaches plus rudes que la pointe
des épées : c'était sa manière de sourire.

Enfin des pas se firent entendre dans la galerie,
et Louison retourna vers la porte; mais le danger
ne lui parut sans doute pas digne d'elle, car elle
revint se coucher aux pieds de son maître. On
frappa à la porte.

Corcoran se leva à demi vêtu, prit son révolver
et alla ouvrir. C'était Ali qui venait l'éveiller.

« Seigneur, dit celui-ci d'un air effrayé, le prince
Holkar vous prie de descendre. Il est arrivé un
grand malheur. Rao, qu'on croyait empalé, a cor-
rompu ses gardiens, et a pris la fuite avec eux.

— Tiens, dit Corcoran, il n'est pas bête, ce Rao! »

Et tout en parlant, il finissait de s'habiller.

« Eh bien, seigneur, dit Ali, Son Altesse croit
qu'il va rejoindre les Anglais, qui sont déjà dans
le voisinage. Sougriva les a rencontrés.

— C'est bien, montre-moi le chemin. Je te
suis. »

Holkar était assis sur un magnifique tapis de
Perse et paraissait absorbé par ses réflexions. A
l'entrée du capitaine, il leva la tête et lui fit signe
de venir s'asseoir à côté de lui. Puis il ordonna aux
esclaves de se retirer.

« Mon cher hôte, dit-il enfin, vous connaissez le malheur qui m'arrive ?

— On me l'a dit, répondit Corcoran. Rao s'est échappé ; mais ce n'est pas un malheur, cela. Rao est un coquin qui est allé se faire pendre ailleurs.

— Oui, mais il a emmené avec lui deux cents cavaliers de ma garde, et tous ensemble sont allés rejoindre les Anglais.

— Hum ! Hum ! » fit Corcoran d'un air pensif.

Et comme il vit que Holkar était fort abattu par cette trahison, il jugea nécessaire de lui rendre le courage.

« Eh bien, après tout, dit-il en souriant, ce sont deux cents traîtres de moins. Bonne affaire ! Aimeriez-vous mieux qu'ils fussent avec vous dans Bhagavapour, tout prêts à vous livrer au colonel Barclay ?

— Et dire, s'écria Holkar, qu'une heure auparavant j'avais reçu de si bonnes nouvelles !

— De votre Tantia Topee ?

— De lui-même ; écoutez-moi, capitaine.... après le service que vous m'avez rendu hier au soir, je ne puis plus avoir de secret pour vous.... Eh bien, l'Inde tout entière est prête à prendre les armes.

— Pourquoi faire ?

— Pour chasser les Anglais.

— Ah! dit Corcoran, comme je comprends cette idée! Chasser les Anglais!... c'est-à-dire, seigneur Holkar, que s'ils étaient dans ma vieille Bretagne comme ils sont ici, je les prendrais un par un, au collet et à la ceinture, et je les jetterais à la mer pour engraisser les marsouins! Chasser les Anglais! mais j'en suis, seigneur Holkar, moi aussi j'en suis et je vous donnerai un bon coup de main.... Bon! j'oublie mes fonctions scientifiques et la lettre de sir William Barrowlinson.... et ma promesse de ne pas me mêler de politique tant que je serai entre les monts Himalaya et le cap Comorin. C'est égal, c'est une fameuse idée.... Et de qui vient-elle cette idée ?

— De tout le monde, répondit Holkar, de Tantia Topee, de Nana-Sahib, de moi, de tout le monde enfin...

— De tout le monde! s'écria le Breton en riant. J'en étais sûr.... et vous dites qu'on va les mettre dehors?

— Nous l'espérons du moins, dit Holkar, mais j'ai peur de ne pas en être témoin. Ce Rao, il y a trois mois encore, mon premier ministre, a prévenu le colonel Barclay, dans l'espérance d'obtenir, pour prix de sa trahison, mes États et ma fille. J'ai eu quelque soupçon de l'histoire et je lui ai fait donner cinquante coups de bâton.... Voilà comment l'affaire s'est engagée....

— Comment! ce hideux magot espérait devenir votre gendre! demanda Corcoran indigné.

— Oui, dit Holkar, ce fils de chienne, qui a eu pour père un marchand parsi de Bombay, voulait épouser la fille du dernier des Raghouides, la plus noble race de l'Asie. »

Il faut avouer que le capitaine, qui jusque-là ne s'intéressait pas beaucoup au récit d'Holkar, commença à devenir très-attentif.

Dès lors il n'eut plus qu'un désir, celui de rattraper Rao et de l'asseoir sur un pal.... Aspirer à la main de Sita!... la plus belle fille de l'Inde!... un ange de grâce, de beauté, de candeur!... Ce Rao n'échapperait au pal que pour rencontrer la potence.

Telles furent les réflexions du capitaine. Et si vous vous étonnez de l'intérêt qu'il prenait à une jeune fille dont, la veille, il ne connaissait encore ni la figure ni le nom, je vous dirai qu'il était homme de premier mouvement, qu'il adorait les aventures (sans être un aventurier), et qu'il ne lui déplaisait pas de protéger une jeune et belle princesse opprimée, et surtout opprimée par les Anglais.

« Seigneur Holkar, dit-il enfin, il n'y a qu'un parti à prendre, remettre à un autre jour notre chasse au rhinocéros et poursuivre Rao jusqu'à la mort. Le coquin ne doit pas être bien loin.

— Hélas! dit Holkar, j'y avais pensé, mais il a nuit heures d'avance sur nous, et il aura rejoint sans doute l'armée anglaise.... Faisons mieux.... ne retardons rien... mes ordres pour la chasse sont donnés. Nous allons partir vers six heures, car c'est l'heure où le soleil se lève, et plus tard la chaleur est insupportable. Nous laisserons ma fille au palais, sous bonne garde, car Rao pourrait avoir des intelligences dans la place, et nous reviendrons vers dix heures.... Pendant ce temps Ali restera au palais, et Sougriva ira chercher des nouvelles et rôder dans le voisinage.

— Mais, dit Corcoran, qui nous force à chasser le rhinocéros aujourd'hui, si vous craignez quelque danger ?

— Mon cher hôte, répliqua Holkar, le dernier des Raghouides ne veut pas périr, s'il doit périr, enfumé et caché dans son palais comme un ours dans sa tanière. Ce n'est pas l'exemple que m'a donné mon aïeul Rama, le vainqueur de Ravana, prince des démons.

— Eh bien, dit Corcoran, qui ne pouvait s'empêcher d'avoir des pressentiments fâcheux, voulez-vous au moins que je laisse à votre fille un garde du corps plus sûr et plus redoutable qu'Ali et que toute la garnison de Bhagavapour ?

— Quel est cet ami si sûr et si redoutable ?

— Louison, parbleu ! »

En même temps la tigresse, qui vit qu'on parlait d'elle, se dressa debout sur ses pattes de derrière et appuya ses pattes de devant sur les épaules de Corcoran.

Sita arriva en ce moment.

« Ma chère enfant, dit Holkar, nous irons demain à la chasse du rhinocéros....

— Avec moi? interrompit la jeune fille.

— Non, tu resteras au palais. Ce traître Rao peut courir la campagne avec ses cavaliers, et je ne veux pas t'exposer à une rencontre....

— Mais, mon père, dit Sita, qui se promettait évidemment les plaisirs de la chasse, je monte très-bien à cheval, vous le savez, et je ne vous quitterai pas un instant.

— Peut-être, ajouta Corcoran, serait-elle plus en sûreté avec nous....Je vous promets de veiller sur elle, et si Rao vient à portée, je le remettrai aux dents de Louison.

— Non, dit le vieillard, une rencontre est toujours hasardeuse....et j'aime mieux accepter l'offre que vous m'avez faite de Louison.

—Comment! monsieur, dit Sita en frappant des mains avec joie, vous me donnez Louison pour toute la journée?

— Je vous la donnerais pour toujours, répliqua le Breton, si je pouvais croire qu'elle voulût se laisser donner ; mais elle est un peu capricieuse et

n'a jamais voulu écouter que moi.... Çà, Louison,
vous n'êtes plus à moi, jusqu'à mon retour....
Vous veillerez sur cette belle princesse....si quelqu'un lui parle, vous grognerez ; si quelqu'un lui
déplaît, vous en ferez votre déjeuner. Si elle veut
se promener dans le jardin, vous l'accompagnerez,
et vous la regarderez en tout temps comme votre
maîtresse et souveraine.... connaissez-vous bien
tous vos devoirs? »

Louison regardait alternativement son maître
et Sita, et poussait de petits cris de joie.

« Vous m'avez compris, continua Corcoran.
Montrez-le en vous couchant aux pieds de la princesse et en lui baisant la main. »

Louison n'hésita pas. Elle se coucha et répondit
aux caresses de Sita en lui léchant les mains de sa
langue un peu rude.

« Un tel gardien, dit Corcoran, vaut un escadron
de cavalerie pour la vigilance et le courage ; quant
à l'intelligence, il n'y a personne qui l'égale...
elle ne commet jamais aucune indiscrétion....elle
n'aime pas les vaines flatteries.... elle sait distinguer ses vrais amis de ceux qui ne veulent que la
tromper; elle n'est pas friande, et la moindre
viande crue lui suffit.... Enfin elle a un tact particulier pour reconnaître les gens, et je l'ai vue cent
fois me débarrasser des questions indiscrètes par
un seul rugissement poussé à propos.

— Seigneur Corcoran, dit Sita, il n'y a pas de
trésor qui puisse payer une telle amitié. Mais je
l'accepte en échange de la mienne. »

Pendant qu'on délibérait, le jour était venu.
Corcoran baisa une dernière fois le front de Louison, s'inclina respectueusement devant Sita et
monta à cheval avec Holkar, suivi d'une troupe de
quatre ou cinq cents hommes. Louison les regarda
partir avec regret, mais enfin elle parut se ré-
signer. Sur l'appel de Sita, elle rentra dans le
palais, et, nonchalamment couchée sous la véran-
dah, elle attendit, comme la princesse, le retour
des chasseurs.

VII

La chasse au rhinoceros.

Par malheur, Louison, malgré toutes ses belles qualités, était du sexe auquel les tigres doivent leurs mères, en sorte qu'elle n'eut pas plutôt vu disparaître à l'horizon la troupe des chasseurs et respiré le délicieux parfum des forêts que lui apportait la brise, qu'elle eut envie de partir au triple galop et de rejoindre le capitaine Corcoran, laissant là le palais et ses fonctions de garde du corps, dont elle ne devinait pas l'importance.

En deux mots, elle était capricieuse, vaniteuse légère et amoureuse du plaisir. Peut-être rêvait-elle aussi de chasser le rhinocéros; c'est ce qu'on n'a jamais su, car parmi ses défauts elle n'avait pas celui de raconter ses pensées au premier venu.

Quoi qu'il en soit, elle bâilla si fortement, s'étira dans tous les sens avec tant de langueur, et commença même de petits rugissements qui laissaient voir un ennui si profond, que Sita, malgré tout son désir de la garder près d'elle, commença à s'inquiéter de ce voisinage, et finit par lui rendre la liberté.

A peine la porte du palais était-elle ouverte lorsque la tigresse s'élança d'un bond, franchit la haie qui séparait le jardin du reste de la ville, passa par-dessus la tête du factionnaire épouvanté, traversa deux ou trois rues, renversa, sans dire gare, deux ou trois douzaines de bourgeois paisibles qui flânaient devant leurs boutiques, et arriva enfin à la porte principale de Bhagavapour, où les soldats du poste se gardèrent bien de l'arrêter, et lui rendirent les mêmes honneurs qu'à un officier supérieur, car ils se hâtèrent de rentrer dans leur caserne et de saisir leurs fusils pour faire une décharge générale, à laquelle Louison ne daigna pas répondre.

Tout en courant, elle ne négligeait pas de prendre des informations, regardant avec attention la piste des chevaux, et levant le nez en l'air, comme un bon chien de chasse qui cherche le gibier. •

Pendant ce temps, le prince Holkar et le capitaine Corcoran étaient en chasse, et quoiqu'ils eussent bien des sujets d'inquiétude, ils causaient fort

gaiement et semblaient ne penser qu'au rhinocéros.

« Avez-vous chassé quelquefois le rhinocéros ?
demanda Holkar au Breton.

— Jamais, répondit l'autre. J'ai chassé le tigre,
l'éléphant, l'hippopotame, le lion, la panthère ;
mais le rhinocéros est un animal inconnu pour
moi. Je ne l'ai jamais rencontré, même dans les
ménageries.

— C'est un gibier très-rare et très-précieux, dit
Holkar. Il est fort grand, lorsqu'il a atteint toute
sa croissance. J'en ai vu deux ou trois qui n'avaient
guère moins de six pieds de haut et de douze ou
quinze pieds de long.

« Le rhinocéros est lourd, massif, il a la peau
rugueuse et plus dure qu'une cuirasse, la tète
courte, les oreilles droites et mobiles comme celles
du cheval, le museau tronqué et surmonté d'une
corne qui est son arme principale. Vous verrez
avant une heure comme il s'en sert. Si nous sommes heureux dans cette chasse, ce qui n'est pas
bien sûr, car sa peau est à l'épreuve de la balle,
et il est plus robuste que tous les autres animaux,
y compris même les éléphants, je vous promets à
dîner un bifteck de rhinocéros, ce qui n'est pas à
dédaigner. On n'en mange qu'à la table des princes…. »

Tout en causant, Holkar et Corcoran arrivèrent

à un carrefour qui se trouvait à l'entrée de la forêt.

Ce carrefour portait le nom de *Carrefour des Quatre Palmiers*.

« Arrêtons-nous ici, dit Holkar en descendant de cheval. Nos chevaux ne supporteraient ni la vue, ni l'odeur, ni le choc du rhinocéros; nous allons monter sur des éléphants. »

En effet, un relai d'éléphants tout préparés et harnachés d'avance attendait les principaux chasseurs.

« A quoi sert, demanda le capitaine, cet homme qui est là sur le devant et presque sur les oreilles de l'éléphant?

— C'est le conducteur, répliqua Holkar. Lui seul peut se faire entendre et obéir de l'animal.

— Et cet autre, continua le capitaine, qui se tient respectueusement derrière moi, et semble attendre mes ordres?

— Mon cher hôte, c'est celui qui doit être mangé.

— Mangé par qui? Je n'ai pas faim, et ce n'est pas le déjeuner que vous m'avez réservé, je pense?

— Mangé par le tigre, capitaine.

— Par le tigre! Quel tigre? Nous allons à la chasse du rhinocéros, je pense, et non à celle du tigre.

— Mon cher ami, dit Holkar en riant, c'est un usage anglais que nous avons adopté, et qui est

excellent, comme vous allez voir. Les Anglais ont
remarqué que l'on fait souvent dans nos forêts des
rencontres auxquelles on ne s'attend pas, — celle
d'un tigre, par exemple, ou d'un jaguar, ou d'une
panthère. Or, cet animal qui se lève de grand matin, comme nous, qui a faim comme nous et plus
que nous, qui vit de sa chasse et qui n'a pas
d'autre moyen d'existence, attend souvent le voyageur au coin d'un sentier, dans l'espérance de
déjeuner.... De plus, comme il n'aime pas à attaquer les gens en face, il saute presque toujours
sur eux par derrière, au moment où on l'attend
le moins, et vous emporte dans le jungle pour
vous dévorer à son aise.

Or les Anglais, qui sont des gens très-sensés,
très-prudents, vrais gentlemen, et qui regardent
leur peau comme plus précieuse aux yeux de l'É-
ternel que celle de tous les autres individus de la
race humaine, — les Anglais, dis-je, ont inventé
de mettre à califourchon sur l'éléphant, quand ils
vont à la chasse ou à la promenade, outre le cornac
chargé de conduire l'animal, un pauvre diable qui
doit servir de proie au tigre, si par hasard quelque
malheureux rôde dans les environs, car enfin,
disent-ils, il n'est pas juste qu'un gentlemen s'ex-
pose à être mangé comme un pauvre diable, et la
divine Providence a dû créer les pauvres diables
pour les faire manger à la place des gentlemen.

N'est-ce pas admirablement raisonné, mon cher
ami, et ne serez-vous pas bien aise vous-même
que ce garçon, qui est là derrière, serve de bifteck
au tigre au lieu de vous?

— Ma foi non! dit Corcoran, et je le prie de descendre tout de suite et de retourner à Bhagavapour par le chemin le plus court. Si je dois servir
de pâture à quelqu'un, homme ou bête, ce ne sera
pas, je l'espère, sans m'être défendu, et.... Mais
que veut dire ceci? »

Les éléphants élevaient leurs trompes et don-
naient des signes d'une violente frayeur. Bientôt
même les cornacs annoncèrent qu'ils n'en étaient
plus maîtres.

« Ceci veut dire, répondit Holkar, qu'il y a près
d'ici dans le jungle une chose que nous ne voyons
pas encore, mais qui doit être fort dangereuse, à
en juger par l'épouvante de nos éléphants. Tenez-vous prêt, capitaine, et regardez autour de
vous. »

Au même instant les chevaux se cabrèrent avec
violence, plusieurs cavaliers de l'escorte furent
jetés par terre, et les éléphants prirent la fuite,
malgré tous les efforts de leurs conducteurs.

C'est Louison qui était cause de tout ce désordre.
Elle arrivait au grand galop, franchissant les fossés, les haies, les broussailles, avec la vitesse
d'une locomotive lancée à toute vapeur.

A cette vue chacun mit la main à ses armes, mais Corcoran rassura tout le monde :

« Eh! n'ayez peur de rien, dit-il, c'est ma chère Louison.... C'est vous, mademoiselle, ajouta-t-il en la regardant d'un air qu'il voulait rendre sévère, que venez-vous faire ici? »

Louison ne répondit pas, mais remua la queue d'une manière très-significative.

« Oui, je le vois bien.... vous vous ennuyiez au palais.... mademoiselle voulait chasser le rhinocéros.... Eh bien! à bas, Louison, je n'aime pas ces manières si familières quand on est en faute.... n'est-ce pas?... oui, je le lis dans vos yeux ... Voyons, venez avec moi, suivez la chasse, soyez sage, et tâchez de n'effrayer personne. »

Ravie de cette permission et d'un accueil si favorable, Louison ne tarda pas à se faire pardonner son arrivée subite, et devint en peu de temps l'amie intime de toute l'escorte d'Holkar, bêtes et gens, ou du moins personne n'osa lui témoigner le plaisir qu'on aurait eu d'apprendre qu'elle était enfermée dans une bonne et solide cage, à quinze cents lieues marines de Bhagavapour.

Bientôt après, les cris des rabatteurs annoncèrent qu'on avait retrouvé la piste du rhinocéros, et qu'il allait déboucher bientôt par un sentier à l'entrée duquel se trouvaient plusieurs des chasseurs, et entre autres Holkar et le capitaine Corcoran.

En effet, l'animal ne tarda pas à paraître, poursuivi par les traqueurs qui jetaient des pierres sans lui faire, d'ailleurs, aucun mal. Ces pierres, si grosses qu'elles fussent, rebondissaient sur son épaisse cuirasse, comme des boulettes de mie de pain sur le casque d'un carabinier. Il s'avançait au petit trop sans paraître ému ou intimidé par le nombre de ses adversaires.

« Attention ! rangez-vous, dit Holkar, le voici. Le seul endroit où vous puissiez le blesser est l'œil ou l'oreille, et vous ne pouvez le frapper que par côté, car de face il est partout à couvert. »

Il avait à peine fini de parler lorsqu'une décharge générale de coups de fusil se fit entendre. Plus de soixante balles frappèrent à la fois le corps de l'animal sans entamer sa peau. Corcoran seul avait réservé son feu, et bien lui en prit.

Le rhinocéros, ébranlé enfin ou irrité par cette attaque, leva la tête, et se précipitant avec une promptitude et une roideur épouvantables, alla frapper de sa corne l'éléphant que montait Corcoran.

Sous ce choc imprévu, l'éléphant blessé chancela et essaya de saisir son ennemi avec sa trompe pour l'enlever de terre et le briser contre un arbre ou un rocher ; mais le rhinocéros ne laissait aucune prise, et, d'un second coup de corne qui pénétra jusqu'au cœur, il renversa l'éléphant, qui tomba lourdement à terre comme un chêne déraciné.

En même temps le rhinocéros se dégagea de son adversaire et s'élança pour frapper Corcoran, qui venait d'être renversé comme sa monture.

La situation du capitaine était terrible. Les plus braves chasseurs n'osaient s'approcher, lui-même avait le pied engagé dans les harnais de l'éléphant et ne pouvait se tenir debout.

« A moi, Louison ! » cria-t-il.

Heureusement la tigresse n'avait pas attendu cet appel. Elle suivait la chasse en amateur, et semblait venue seulement pour juger des coups. Mais dès qu'elle vit le danger où se trouvait son ami, elle s'élança d'un bond, tourna autour du rhinocéros, le saisit par les oreilles et le maintint presque immobile malgré tous ses efforts.

Grâce à ce prompt secours, Corcoran put se dégager et se trouva debout en face de son ennemi.

« Bravo ! ma Louison, dit-il. Tiens-le bien.... c'est cela.... attends, laisse-moi chercher l'endroit vulnérable.... Ah ! le voici. »

En même temps, il plaça le bout du canon de sa carabine dans l'oreille du rhinocéros et fit feu. L'animal, blessé à mort, eut une convulsion suprême, fit un effort qui rejeta Louison à quinze pas de là, sur les épaules de l'un des chasseurs, et tomba roide mort.

« Mon cher hôte, dit Holkar, vous avez tous les bonheurs, et je donnerais la moitié de mes États pour posséder un ami aussi attaché, aussi fidèle, aussi brave et aussi adroit que Louison.... Pour aujourd'hui la chasse est terminée. Demain nous vous trouverons peut-être quelque chose de meilleur.... En route. »

On releva le rhinocéros, on le plaça sur un chariot, et l'on reprit le chemin de Bhagavapour.

Pendant ce temps Louison recevait les remerciments de son maître et témoignait par ses bonds la joie qu'elle avait eue de le sauver.

Cependant le retour ne fut pas aussi gai qu'on s'y attendait. Chacun semblait avoir le pressentiment de quelque grand malheur. Corcoran, sans le dire, se reprochait d'avoir consenti à cette chasse; Holkar se reprochait encore davantage de l'avoir proposée et tous deux craignaient pour Sita.

Tout à coup, à une demi-lieue environ de Bhagavapour, du haut d'une colline d'où l'on voyait la vallée de Nerbuddah et la ville, on aperçut une épaisse fumée qui s'élevait des faubourgs, et l'on entendit un bruit confus, lointain et sourd, où dominaient le tonnerre de l'artillerie, la fusillade et les cris des femmes et des enfants.

« Seigneur Holkar, dit Corcoran, entendez-vous et voyez-vous? Bhagavapour brûle ou a été prise d'assaut. »

A cette vue, Holkar pâlit.

« Et ma fille, s'écria-t-il, ma pauvre Sita ! »

En même temps il enfonça ses éperons dans le
ventre de son cheval et partit au grand galop.
Corcoran le suivit avec une vitesse égale. Le reste
de l'escorte, quoique lancé à toute bride, demeura
fort loin en arrière.

Ils arrivèrent à la porte la plus voisine et voulurent interroger un officier.

« Seigneur, dit-il à Holkar, j'ignore ce qui s'est
passé. Le feu s'est déclaré dans cinq ou six endroits
à la fois, et jusque dans le palais de Votre Altesse,
mais.... »

Il allait continuer, Holkar ne l'écoutait plus.

« Dans mon palais ! » s'écria-t-il, et piquant des
deux, il s'élança avec plus de furie que jamais dans
cette direction. Sans dire un mot, Corcoran le
suivait, et Louison courait à côté d'eux.

Tout était en désordre dans le palais. Sur les
marches du grand escalier on voyait de larges
flaques de sang répandu. Des cadavres étaient
étendus dans les galeries. Presque tous les serviteurs d'Holkar étaient morts.

A cette vue le vieillard s'arracha les cheveux.

« Hélas ! dit-il, où est Sita ? »

Tout à coup Ali parut. Il avait reçu un coup de
poignard dans la poitrine, mais le coup n'était
pas mortel.

« Ali! Ali! qu'as-tu fait de ma fille? demanda Holkar d'une voix éclatante.

— Seigneur! s'écria Ali en se prosternant, faites grâce à votre esclave. Ils l'ont enlevée!

— On a enlevé ma fille! dit Holkar, et toi, face de chien, tu n'as rien fait pour la sauver! malheureux! Où est-elle? Qui l'a enlevée? Parle, mais parle donc!

— Seigneur, dit Ali, c'est Rao. Il avait des intelligences dans le palais. La princesse a été saisie par des hommes embusqués qui ont poignardé la plupart de vos serviteurs, et qui l'ont emportée malgré ses cris et ses pleurs dans un bateau tout prêt. Ils l'ont transportée sur la rive opposée du fleuve, où Rao les attendait avec ses cavaliers, et tous ensemble sont partis, on ne sait dans quelle direction, car ils avaient eu la précaution d'amarrer à l'autre rive toutes les barques, de sorte qu'on n'a pas pu les poursuivre. »

Holkar, accablé par son malheur, n'écoutait plus rien; mais Corcoran, quoique vivement ébranlé par ce coup inattendu, ne songeait qu'aux moyens de reprendre Sita.

« Et, dit-il, d'où vient cette fumée que nous avons aperçue au-dessus de Bhagavapour?

— Hélas! seigneur Corcoran, répondit Ali, ces bandits, pour assurer le succès de leur crime, avaient mis le feu dans cinq ou six quartiers de la ville; mais on l'a bientôt éteint.

Les escaliers et les galeries étaient jonchés de cadavres. (P. 123.)

— Eh bien, dit Corcoran, il faut aller à la nage chercher des barques sur la rive opposée, et nous nous mettrons à la poursuite des ravisseurs.

— Seigneur capitaine, le mal est encore plus grand que vous ne croyez, dit Ali. Nous venons d'apprendre en même temps que l'avant-garde de l'armée anglaise est à cinq lieues d'ici, et c'est probablement ce qui donne à ce misérable Rao l'audace de venir nous braver jusque dans Bhagavapour. Déjà l'on a vu un détachement de cavalerie dans les environs.

— Eh! qu'ils viennent maintenant! s'écria Holkar désespéré, qu'ils prennent ma ville, mon trésor et ma vie. J'ai perdu ma fille chérie, qui seule donnait du prix à tout cela. J'ai tout perdu. »

Corcoran lui prit la main et d'un ton ferme :

« Soyez homme, mon hôte, dit-il, et reprenez courage. Votre fille est enlevée; mais elle n'est ni morte, ni déshonorée. Nous la retrouverons, je vous le garantis. Ah! pourquoi Louison n'est-elle pas restée près d'elle?... ce n'est pas elle qu'on aurait poignardée, effrayée ou corrompue comme ces malheureux esclaves.... Ce qui devait arriver est arrivé.... Holkar, je vous quitte.

— Vous me quittez! Et dans quel moment!

— Mon cher hôte, je vous pardonne cet injuste soupçon. Je vais poursuivre le misérable Rao, le

prendre et de ma propre main le pendre au premier arbre du chemin.

— Oui, vous avez raison, fit Holkar ranimé par
l'espérance de retrouver sa fille, et je vais partir
avec vous.

— Non! Restez ici! dit Corcoran, restez pour diriger les recherches et pour tenir tête aux Anglais
qui vont assiéger votre ville. Moi, que rien ne re-
tient, je vais chercher Sita et vous la ramener, je
l'espère.... Allons, Louison, ma chère, c'est par
ta faute que nous l'avons perdue; c'est à toi de
la retrouver.... Va, cherche... »

En même temps il prit le voile de Sita, encore
tout parfumé des senteurs de l'iris, et le fit flairer
à la tigresse.

« C'est elle, c'est Sita qu'il faut retrouver, dit
Corcoran, cherche! »

En même temps des bateliers qui s'étaient jetés
à la nage ramenèrent le bateau même dans lequel
on avait placé Sita. Sans hésiter, Louison s'embar-
qua avec son maître, un cheval et deux bateliers.

Corcoran, après avoir traversé la Nerbuddah,
prit terre avec Louison et lui présenta de nouveau
le voile de Sita. Ce second appel fait à l'intelligence de la tigresse fut parfaitement entendu, et
sans hésiter elle s'engagea dans un sentier peu
fréquenté qui aboutissait à une vaste clairière où
il était aisé, aux piétinements qui avaient marqué

le sol, de reconnaître le passage d'une troupe
nombreuse de cavaliers.

De là, elle prit une route assez large et assez
bien entretenue. Corcoran suivait toujours la tigresse au grand trot de son cheval.

A une lieue plus loin, Louison retrouva un morceau de la robe de Sita qui s'était sans doute ac-
croché au buisson, et le désigna d'un coup d'œil
aux regards du capitaine. Celui-ci mit pied à terre,
ramassa le précieux débris, le plaça sur son cœur,
et continua sa route.

Enfin il entendit le bruit d'une troupe de cavaliers qui s'avançaient de son côté, et il espéra retrouver tout de suite Sita et son ravisseur. Mais il
s'était trompé. C'était un escadron du 25ᵉ régiment
de cavalerie anglaise qui battait la campagne.

Corcoran fit signe à Louison de rester immobile et s'avança à la rencontre des nouveaux venus.

« Qui vive? cria l'officier d'une voix forte.

— Ami! répondit Corcoran.

— Qui êtes-vous? » demanda l'officier anglais.

Cet officier était un grand jeune homme aux cheveux et aux favoris roux, aux épaules larges, qui
avait tout l'air d'un excellent cavalier, d'un vigoureux boxeur et d'un bon joueur de cricket.

« Je suis Français, dit Corcoran.

— Que faites-vous ici? » demanda l'officier.

Le ton impérieux et brusque de l'Anglais ne plut pas au Breton, qui répondit sèchement :

« Je me promène.

— Monsieur, dit l'Anglais, je ne plaisante pas. Nous sommes en pays ennemi, et j'ai droit de savoir qui vous êtes.

— C'est trop juste, répliqua Corcoran. Eh bien, je suis venu chercher ici le fameux manuscrit des lois de Manou, le Gouroukamtâ, qu'on m'a dit être caché au fond d'un temple inconnu. Pourriez-vous m'indiquer où il est ?»

L'Anglais le regarda d'un air indécis, ne sachant si Corcoran parlait sérieusement ou se moquait de lui.

« Vous avez sans doute des papiers qui attestent votre identité ? demanda-t-il.

— Connaissez-vous ce cachet ? dit Corcoran.

— Non.

— Eh bien, c'est celui de sir William Barrowlinson, directeur de la Compagnie des Indes et président de la *Geographical, colonial, orographical, and photographical Society*, et que vous devez connaître sans doute.

— Si je le connais! c'est lui qui m'a fait obtenir ma commission de lieutenant dans l'armée des Indes.

— Eh bien, reprit Corcoran, ceci est une lettre de recommandation que ce gentleman...

— Ce baronnet, voulez-vous dire, interrompit l'officier.

— Ce baronnet, — si cela vous plaît davantage, — m'a donnée pour le gouverneur général de Calcutta.

— C'est bien, dit l'officier. Et d'où venez-vous?

— De Bhagavapour.

— Ah! vous avez vu le rebelle Holkar? Eh bien, est-il prêt à se soumettre? est-il prêt à se battre?

— Monsieur, dit Corcoran, vous en jugerez mieux que moi quand vous serez plus près de Bhagavapour.

— Mais a-t-il au moins une armée nombreuse et bien disciplinée?

— Je n'entends rien à ces choses-là.... Et maintenant, messieurs, voulez-vous, je vous prie, me laisser continuer ma route?

— Patience, monsieur, dit l'officier; qui nous dit que vous n'êtes pas un espion d'Holkar? »

Corcoran regarda froidement et fixement l'Anglais.

« Monsieur, dit-il, si vous étiez en rase campagne seul avec moi, peut-être seriez-vous plus poli.

— Monsieur, dit l'Anglais à son tour, je ne m'inquiète pas d'être poli, mais de faire mon devoir. Suivez-nous au quartier général.

— J'allais vous prier de m'y conduire, » dit le Breton.

Et, en effet, il pensa que le meilleur moyen de voir où l'on avait transporté Sita était d'aller au quartier général de l'armée anglaise, où certainement Rao avait dû chercher un asile.

« Mais, ajouta-t-il, vous voudrez bien me permettre d'amener un ami.

— Assurément, monsieur, dit l'Anglais, tous les amis qu'il vous plaira amener. »

Corcoran siffla ; au même instant Louison parut. Voir Corcoran, se précipiter et le rejoindre fut l'affaire d'un instant. Les chevaux de l'escadron, saisis d'une terreur presque insurmontable, s'agitèrent pour échapper à leurs cavaliers et courir à travers la plaine.

Quant aux cavaliers, aussi émus que leurs chevaux, mais retenus par l'honneur militaire, ils eurent beaucoup de peine à ne pas prendre la fuite.

Cependant ils firent assez bonne contenance.

« Monsieur, dit l'officier, la plaisanterie est un eu forte.... Où avez-vous choisi cet ami-là?

— Je m'étonne de votre étonnement, répliqua le Breton. Vous autres, Anglais, qui croyez connaître tous les genres de sport, vous courez après les chevaux, les chiens, les renards, les coqs et toutes les bêtes de la création.... moi, je préfère les tigres.... chacun son goût.... Est-ce que vous auriez peur d'un pareil compagnon, par hasard?

— Monsieur, dit l'Anglais en colère, un gentleman anglais n'a peur de rien ; mais je me demande si la société d'un tigre est bien convenable pour un gentleman.

— Louison se fait peut-être en ce moment la même question, dit à son tour Corcoran, et se demande si la société d'un gentleman anglais est bien convenable pour elle. Mais enfin, faisons régulièrement les choses. Monsieur le lieutenant, quel est votre nom?

— John Robarts, monsieur, répondit l'Anglais d'un ton rogue et gourmé.

— Très-bien, continua Corcoran. Attention, Louison! Je vous présente le très-honorable John Robarts, lieutenant au 25ᵉ des hussards de la reine.... vous entendez.... et vous aurez soin de ne mettre sur lui ni la dent ni la griffe, excepté dans le cas de légitime défense....

— Monsieur, dit l'Anglais, aurez-vous bientôt terminé cette inconvenante comédie !

— Et à vous, lieutenant John Robarts, dit Corcoran sans s'émouvoir, j'ai l'honneur de présenter miss Louison, ma meilleure amie.... Maintenant, capitaine, s'il vous plaît de trouver que j'a manqué de respect envers votre uniforme, je suis votre homme et tout prêt à vous en rendre raison ici même.

C'est bon, monsieur, dit Robarts, nous ver-

rons cela plus tard.... En route, et suivez-
nous. »

Le voyage ne fut pas long.

A un quart de lieue de là se trouvait le camp
anglais, au bord d'une petite rivière qui se jette
un peu plus loin dans la Nerbuddah. Les chevaux,
les soldats, les vivandières et tout l'attirail qui
accompagne une armée dans l'Inde étaient grou-
pés dans un désordre pittoresque.

John Robarts, accompagné de Corcoran et de
Louison, entra dans la tente du colonel Barclay

VIII

Le colonel Barclay, qui faisait ce jour-là les
fonctions de brigadier général, était l'un des plus
braves officiers de toute l'armée des Indes. Il
avait gagné fort péniblement tous ses grades, et
n'avait jamais cessé, soit en paix, soit en guerre,
d'être employé dans les missions les plus diffici-
les. Tantôt commandant un régiment sur la frontière, tantôt surveillant, avec le titre de résident,
les démarches, le gouvernement et les préparatifs des princes tributaires de la Compagnie comme
Holkar, il possédait la confiance des soldats, et il
connaissait à fond tous les ressorts de la politique
anglaise dans l'Inde. Mais n'étant frère, oncle, ou
fils ou neveu d'aucun des directeurs de la Compa-

gnie, il ne recevait que les missions rebutantes
ou périlleuses.

C'est à ce titre qu'on l'avait chargé d'attaquer
Holkar.

S'il réussissait, on tenait tout prêt un général
de parade, bien apparenté, qui devait venir prendre le commandement de l'armée et recueillir le
fruit de la victoire de Barclay. De là, chez le colonel, une mauvaise humeur continuelle et un juste
ressentiment contre les favoris de la très-haute
et très-puissante Compagnie des Indes, qui ne
l'empêchait pas néanmoins de remplir rigoureu-
sement tous ses devoirs militaires.

Lorsque John Robarts entra dans sa tente, le
vieux Barclay se retourna et dit :

« Qu'y a-t-il de nouveau, Robarts ?

— Nous avons fait une capture importante, colonel. C'est un Français, qui est, je crois, l'espion
d'Holkar.

— C'est bien. Faites entrer.

— Mais, dit Robarts, il n'est pas seul.

— C'est bien. Faites entrer aussi les autres et
mettez deux factionnaires à la porte de la tente.

— Mais, colonel....

— Faites ce que je vous dis, et ne répliquez
pas.

— Après tout, pensa Robarts, puisqu'il ne veut
pas entendre mes explications, c'est son affaire. »

Et faisant signe à Corcoran :

« Entrez! » dit-il.

Corcoran entra, précédé de Louison, qui, sur un geste, alla se coucher à ses pieds. Elle était cachée par la table qui séparait Corcoran du colonel Barclay.

Celui-ci, le dos tourné, affectait de ne pas voir et de ne pas entendre Corcoran. Par suite de cette affectation, il ne s'aperçut pas de la présence de Louison.

Il y eut un instant de silence. Corcoran, voyant que le colonel ne lui parlait pas et ne lui disait pas de s'asseoir, s'assit sans y être invité, prit un livre sur la table et feignit de lire avec attention.

Enfin Barclay s'aperçut que le prisonnier n'était pas de ceux qu'on intimide aisément, et se retournant vers lui:

« Qui êtes-vous? demanda-t-il d'une voix brève.

— Français.

— Votre nom ?

— Corcoran.

— Votre profession?

— Marin et savant.

— Qu'appelez-vous savant?

— Je cherche le manuscrit des lois de Manou pour le compte de l'Académie des sciences de Lyon.

— Où alliez-vous quand on vous a rencontré?

— A la recherche d'une jeune fille qu'un brigand a enlevée à son père.

— Est-ce une Indienne ou une Anglaise ?

— C'est la fille d'Holkar, prince des Mahrattes.

Le colonel Barclay regarda Corcoran d'un œil défiant.

« Quel intérêt prenez-vous aux affaires d'Holkar ? demanda-t-il.

— Je suis son hôte, répondit Corcoran d'un ton ferme.

— Bien ! dit Barclay. Avez-vous quelque papier qui vous recommande ? »

Corcoran tendit la lettre de sir William Barrowlinson.

« C'est bien ! dit Barclay après l'avoir lue. Je vois que vous êtes un gentleman. Vous pouvez rassurer Holkar sur le sort de sa fille. Elle est dans mon camp. Rao l'y a conduite, il y a deux heures à peine. C'est un otage précieux pour nous ; mais on ne lui a fait et on ne lui fera aucun mal. L'honneur de l'armée anglaise en répond. d'ailleurs, Rao lui-même la respecte, car il doit l'épouser, c'est le prix de son concours....

— Dites plutôt de son infâme trahison.

— Comme il vous plaira, je ne tiens pas aux mots.... Et maintenant, monsieur Corcoran, si vous voulez voir vous-même la belle Sita et annoncer à son père qu'elle est saine et sauve et

dans des mains loyales, je ne m'y oppose pas. Je
vais la faire appeler.

— Je n'osais pas vous le demander, colonel, et
je vous remercie de me l'avoir offert. »

Le colonel frappa sur un gong. John Robarts
parut aussitôt. Il attendait avec impatience et curiosité la fin de l'entretien. Il fut très-surpris de
voir Corcoran paisiblement assis près de la table,
en face du colonel, et Louison entre les deux, cachée au colonel par le tapis qui recouvrait la table.

« Robarts, dit Barclay, allez chercher miss Sita,
et amenez-la ici avec tous les égards qu'un gentleman anglais doit à une dame de la plus haute
naissance.

— Mais, colonel.... répondit Robarts, qui voulait
prévenir Barclay de la présence de Louison.

— Vous n'êtes pas encore parti, monsieur? »
dit Barclay avec un flegme hautain.

Robarts, forcé d'obéir, sortit la tête basse.

« Vous ne connaissez pas la vallée de la Nerbuddah, monsieur? demanda Barclay du ton d'un
touriste qui vante la beauté d'un paysage. C'est
un pays enchanteur. On y trouve des sites mille
fois plus beaux que dans les Alpes ou dans les
Pyrénées.... Vous pouvez m'en croire, monsieur,
car j'y ai vécu neuf ans, sans autre société que
les pierres des montagnes et les espions qui me
rendaient compte de toutes les actions d'Holkar....

Ah! monsieur, quel ennuyeux métier que celui
de recevoir, d'analyser, de classer et d'apprécier
des rapports de police. Si vous êtes un peu géologue comme moi.... Êtes-vous géologue? — Non.
— Tant pis.... La géologie, c'est ma passion favo-
rite.... Ah! si vous aviez été géologue, quelles
bonnes parties nous aurions faites ensemble dans
huit jours, car il ne me faudra pas plus de huit
jours pour renverser Holkar. Cela vous contrarie
peut-être à cause de votre amitié pour lui. C'est
bien, n'en parlons plus.... J'espère, monsieur,
que vous me ferez l'honneur de dîner aujourd'hui
avec moi. »

Corcoran s'excusa de ne pouvoir accepter cette
invitation.

« Bon! Vous craignez de faire un mauvais
dîner.... Je vois ce que c'est.... Mais rassurez-
vous.... Nous avons d'excellent vin de France, et
des pâtés de France, et des puddings d'Angleterre,
et tout ce que le globe terrestre produit de délicat et d'exquis pour le plaisir des gentlemen....
Allons, est-ce dit?

— Colonel, dit Corcoran, je regrette de ne pouvoir accepter une offre si cordiale, mais je suis
pressé de rassurer Holkar.

— Rassurer Holkar, cher monsieur! Vous n'y
pensez pas! Je vous tiens; je vous garde. Vous
écrirez à Holkar, cela suffira. Croyez-vous que je

vais vous laisser retourner dans le camp ennemi
après que vous avez vu le mien?... Je vous ren-
drai la liberté quand nous aurons pris Bhagavapour.

— Et si vous ne le prenez jamais, colonel? demanda Corcoran, qui commençait à s'indigner
d'être traité en prisonnier de guerre.

— Si nous ne le prenons jamais, répliqua le colonel, eh bien, vous n'y rentrerez jamais, c'est
moi qui vous le dis, quand l'Académie des sciences de Lyon et toutes les académies qui sont sous
le soleil devraient renoncer à lire le manuscrit
des lois de Manou....

— Colonel, dit Corcoran, vous violez le droit
des nations !

— Plaît-il? » demanda Barclay.

Au même instant Sita parut, et sa présence
apaisa la querelle, qui commençait à devenir
très-vive.

« Ah! s'écria-t-elle en regardant Corcoran avec
des yeux pleins de joie, je savais bien que vous
viendriez me chercher jusqu'ici ! »

Cette première parole remplit d'une joie immense le cœur du capitaine Corcoran. C'est donc
sur lui qu'elle avait compté ! c'est de lui qu'elle
attendait son salut !

Mais ce n'était pas le moment de s'expliquer.
D'ailleurs Corcoran craignait à tout moment que

l'entrée de Robarts ou de quelque autre importun
de l'état-major n'empêchât l'exécution du projet
de délivrance qu'il venait de combiner.

« Colonel, dit-il enfin, vous refusez de me rendre la liberté?

— Je refuse, dit Barclay.

— Vous gardez contre toute justice la princesse
Sita, enlevée à son père par un coquin dont vous
voulez faire son mari?

— Vous m'interrogez, je crois! dit Barclay d'un
air hautain, et il avança la main pour frapper sur
le gong.

— Eh bien donc, s'écria Corcoran en se levant,
qu'il en soit ce que le ciel aura décidé. »

Et avant que Barclay eût pu appeler personne,
Corcoran saisit le gong, le mit hors de portée,
tira de sa poche un revolver, et couchant en joue
le colonel, il s'écria :

« Si vous appelez, je vous brûle la cervelle. »

Barclay se croisa les bras d'un air de mépris.

« Ai-je affaire à un assassin? dit-il.

— Non, répliqua Corcoran ; car si vous appelez,
je serai tué, et, dans ce cas, c'est moi qui serai
l'assassiné et vous qui serez l'assassin. Ce sont
deux rôles également fâcheux.... Faisons un traité,
si vous voulez....

— Un traité ! dit Barclay. Je ne traite pas avec
un homme que j'ai reçu en gentleman , presque

La tigresse se leva et se montra. (Page 145.)

en ami, et qui m'en récompense en menaçant de m'assassiner.

— Encore ce mot-là, colonel ! dit Corcoran. Eh bien, ne faisons aucun traité, aussi bien n'en ai-je pas besoin. Debout, Louison ! »

A ces mots, la tigresse se leva et se montra pour la première fois aux yeux étonnés de Barclay. Mais l'étonnement fit bientôt place à la frayeur.

« Louison, continua Corcoran, tu vois bien monsieur le colonel.... S'il fait un pas hors de la tente avant que la princesse et moi nous soyons en selle, je te le livre. »

La menace de Corcoran était fort sérieuse et Barclay le voyait bien. Il se décida à capituler.

« Enfin que voulez-vous? demanda-t-il.

— Je veux, dit Corcoran, qu'on m'amène ici vos deux meilleurs chevaux. Nous monterons à cheval, la princesse et moi. Quand nous aurons dépassé les limites du camp, je sifflerai. A ce signal, la tigresse viendra me rejoindre, et alors vous serez libre de lancer sur nous toute votre cavalerie, y compris M. le lieutenant John Robarts, du 25ᵉ de hussards, avec qui j'ai un petit compte à régler. Est-ce une affaire convenue?

— C'est convenu, dit Barclay.

— Et ne comptez pas manquer impunément à la foi jurée, ajouta Corcoran, car Louison, qui est plus intelligente que beaucoup de chrétiens, s'en

10

apercevrait tout de suite et vous étranglerait en un clin d'œil.

— Monsieur, dit Barclay avec hauteur, vous pouvez avoir confiance dans l'honneur d'un gentleman anglais. »

Et en effet, sans quitter sa tente, il ordonna à Robarts de faire seller, brider et amener deux beaux chevaux; il regarda Corcoran et Sita se mettre en selle, reçut d'un air impassible le salut d'adieu qu'ils lui firent, et attendit patiemment que le coup de sifflet eût retenti.

Mais alors, et aussitôt que Louison, qui faisait des bonds prodigieux et qui épouvantait tout le camp, eut pris le même chemin que Corcoran, il cria :

« Dix mille livres sterling pour celui qui me ramènera cet homme et cette femme vivants ! »

A ces mots, tout le camp fut en rumeur. Tous les cavaliers se hâtèrent de brider leurs chevaux, sans prendre la peine de les seller, de peur de perdre du temps. Quant aux fantassins, ils couraient déjà sur la trace des fugitifs et semblaient avoir des ailes.

Seul, le lieutenant Robarts, tout en bridant son cheval comme les autres, hasarda cette remarque séditieuse :

« Pourquoi donc le colonel Barclay les a-t-il laissés fuir, s'il tenait tant à les reprendre? »

A quoi le colonel répliqua en infligeant à l'orateur des arrêts d'un mois.

C'est bien fait. Quand le chef a fait une sottise, c'est aux subordonnés de se taire. Il est toujours dangereux d'avoir plus d'esprit que son chef.

IX

Au galop! Au galop! Hurrah !

Pendant que la moitié de la cavalerie anglaise partait au galop, à la poursuite de Corcoran et de la belle Sita, le capitaine galopait aussi sur la route de Bhagavapour, ayant à ses côtés la fille d'Holkar et l'intrépide Louison.

Tous trois fort bien montés, les deux premiers sur les meilleurs chevaux du colonel Barclay, et Louison sur ses pattes, franchissaient avec la vitesse d'un train express les plaines, les collines, les vallées, et commençaient déjà à espérer d'échapper à leurs ennemis, lorsqu'un obstacle terrible, imprévu et presque insurmontable se dressa sur leur route.

Tout à coup Corcoran aperçut un groupe de

cinq ou six habits rouges qui venaient à cheval
au-devant de lui.

C'étaient des officiers anglais qui avaient quitté
le camp pour aller chasser, et qui revenaient tranquillement, suivis d'une trentaine de serviteurs
indiens et de plusieurs chariots chargés de gibier
et de provisions.

A cette vue Corcoran et Sita firent halte, et Louison s'assit gravement sur ses pattes de derrière,
toute prête à délibérer, puisqu'on assemblait le
conseil.

Le capitaine n'aurait pas hésité s'il avait été seul ;
il aurait hardiment tenté l'aventure et passé au
travers de cette petite troupe avec Louison ; mais
il craignait de hasarder sur un coup de dés la vie
ou la liberté de Sita.

Peut-être Corcoran pensa-t-il aussi qu'il aurait
mieux fait de rechercher, comme on l'en avait
prié, le manuscrit des lois de Manou que de se
mettre au service du pauvre Holkar, dont la cause
paraissait tout à fait désespérée ; mais il rejeta
bientôt cette réflexion comme indigne de lui.

Cependant Sita le regardait avec une terrible
anxiété.

« Eh bien, capitaine, qu'allons-nous faire ? demanda-t-elle.

— Êtes-vous décidée à tout ? répliqua Corcoran.

— Je le suis, dit Sita.

— Il s'agit, vous le savez, de passer par force ou par ruse. J'essayerai de la ruse, mais si les Anglais s'en aperçoivent, il faudra en tuer trois ou quatre ou périr. Êtes-vous prête ? Ne craignez-vous rien ?

— Capitaine, dit Sita en levant les yeux au ciel, je ne crains que de ne plus voir mon père et de retomber dans les mains de cet infâme Rao.

— Eh bien, dit alors le Breton, nous sommes sauvés. Mettez votre cheval au petit trot, sans affectation. Cela lui donnera le temps de souffler..., et tenez-vous prête.... Quand je dirai : *Brahma et Vishnou!* il faudra piquer des deux. Louison et moi nous ferons l'arrière-garde. »

Les trois fugitifs étaient alors dans une vallée assez large arrosée par le Hanouvéry, ruisseau profond qui va rejoindre la Nerbuddah.

Les deux pentes de la vallée sont couvertes de jungles et de gros palmiers où se cache tout le gros gibier de l'Inde, — les tigres y compris. Aussi n'est-il pas aisé de quitter le grand chemin et de s'enfoncer dans les rares sentiers, car on peut à tout moment se rencontrer nez à mufle avec les plus redoutables de tous les carnassiers, sans parler de ces terribles serpents dont le poison est foudroyant comme le curare ou l'acide prussique.

Cependant les officiers anglais s'avançaient au petit trot, d'un air nonchalant, comme des gens qui n'ont aucun ennemi à craindre ou à poursuivre. Ils avaient bien dîné, ils fumaient des cigares de la Havane, et commentaient paisiblement les articles du *Times*.

Ils ne parurent pas s'occuper de Corcoran, qui avait l'habit et la mine flegmatique d'un *civilian*, c'est-à-dire d'un employé civil de la Compagnie des Indes, mais ils furent éblouis de la rare beauté de Sita.

Quant à Louison, ils furent d'abord étonnés, mais comme ils étaient Anglais et *sportsmen*, ils comprirent bien vite ce genre d'excentricité, et l'un d'eux fut même tenté d'acheter la tigresse.

« Venez-vous du camp, monsieur ? demanda-t-il à Corcoran.

— Oui, répliqua le Breton.

— Eh bien, a-t-on des nouvelles d'Angleterre ? Les lettres de Londres devaient arriver à midi.

— Elles sont arrivées en effet, répondit Corcoran.

— Que dit-on dans le West-End ? continua l'Anglais. Est-ce toujours lady Suzan Carpeth qui tient la corde dans Belgrave-square ? ou bien a-t-elle cédé la place à lady Margaret Cranmouth ?

— A vous dire le vrai, — répliqua le Breton, qui ne voulut pas, de peur d'exciter des soupçons, paraître se soucier peu de lady Suzan ou de lady Margaret, — je crains que miss Belinda Charters ne l'emporte bientôt sur ces deux dames.

— Oh! oh! dit le gentleman étonné. Miss Belinda Charters! quelle est cette beauté nouvelle dont je n'ai jamais entendu parler?

— Cher monsieur, dit Corcoran, cela n'est pas étonnant. M. William Charters est un gentleman qui a amassé en Australie, dans le commerce de la laine et de la poudre d'or, soixante-quinze ou quatre-vingt millions de francs et qui....

— Soixante-quinze ou quatre-vingt millions! s'écria le gentleman bavard et curieux. C'est une jolie somme!

— Oui, ajouta le Breton, et vous concevez que miss Belinda Charters, qui d'ailleurs est la beauté même, ne manque pas de soupirants! Au revoir, messieurs... »

Et il allait s'éloigner avec Sita et Louison, lorsque le gentleman le rappela.

« Monsieur, excusez, je vous prie, mon indiscrétion; mais je dois vous avertir que vous êtes en pays ennemi, et que vous hasardez beaucoup en suivant cette route.

— Je vous remercie de cet avis, monsieur.

— Les éclaireurs d'Holkar battent la campagne, et vous pourriez être enlevé par eux.

— Ah! ah! En vérité! Eh bien, je serai prudent. »

Et Corcoran allait continuer sa route; mais l'Anglais, qui paraissait décidé à ne pas le lâcher avant le coucher du soleil, essaya encore de le retenir.

« Vous êtes sans doute, monsieur, employé au service de la Compagnie?

— Non, monsieur, je voyage pour mon plaisir. »

Le gentleman s'inclina respectueusement sur sa selle, persuadé qu'un homme qui va de l'Europe dans l'Inde pour son seul plaisir devait être un fort grand seigneur et pour le moins un lord, ou un membre influent de la Chambre des communes.

Il allait encore ouvrir la bouche, mais Corcoran l'interrompit. Il entendait derrière lui le bruit des cavaliers qui le poursuivaient et qui allaient l'atteindre.

« Excusez-moi, dit-il, je suis pressé.

— Au moins, reprit l'Anglais, vous me permettrez bien de vous offrir un cigare.

— Je ne fume pas en présence des dames, » répliqua Corcoran impatienté.

La conversation avait lieu en anglais, et le Breton connaissait fort bien cette langue; malheureusement, l'ennui de se voir arrêté par un bavard et de perdre des moments si précieux lui fit oublier son rôle, et il prononça ces dernières paroles en français.

« Mais, par le diable ! s'écria l'officier, vous êtes

Français, monsieur, et non pas Anglais! Que faites-vous sur cette route, et à cette heure?

Le moment décisif approchait. Corcoran jeta un coup d'œil sur Sita pour l'avertir de se tenir prête pour la fuite.

Celle-ci avait les yeux fixés sur un des Indiens qui suivaient l'escorte et qui conduisaient les chariots anglais. Corcoran regarda du même côté et s'aperçut avec étonnement que l'Indien et la fille d'Holcar échangeaient, sans mot dire, des signes d'intelligence.

En regardant l'Indien avec plus d'attention, il reconnut Sougriva, ce brahmine qui avait été envoyé à Holkar par Tantia Topee.

Au reste, il n'eut pas beaucoup de temps pour réfléchir, car les dix officiers anglais l'entourèrent, et celui qui avait déjà parlé, ajouta:

« Monsieur, en attendant que votre présence dans le pays d'Holkar soit expliquée, vous êtes notre prisonnier.

— Prisonnier! dit Corcoran. Vous voulez rire, messieurs. Place donc, ou je vous tue! »

En même temps il tira de sa poche un revolver et l'arma en un clin d'œil.

Aussi prompt que lui, l'Anglais s'arma d'un revolver, et tous deux allaient faire feu à bout portant, lorsqu'un incident inattendu décida la victoire.

Au bruit sec des deux revolvers qu'on armait, Louison comprit qu'on allait se battre. Elle bondit brusquement sur la croupe du cheval de l'Anglais, qui se cabra et désarçonna son cavalier ; grand bonheur pour celui-ci et pour notre ami Corcoran, car à la distance où les deux adversaires étaient l'un de l'autre, les deux cervelles risquaient de sauter ensemble, comme les bouchons de deux bouteilles de vin de Champagne.

Cependant l'Anglais tira son coup de pistolet, mais la balle, détournée de son but par le bond prodigieux de Louison, emporta le chapeau d'un autre gentleman qui s'était avancé pour saisir Corcoran.

« Brahma et Vishnou ! » cria tout à coup celui-ci.

A ce signal, Sita donna un coup d'éperon à son cheval, qui partit lancé comme une flèche. Corcoran la suivit en écartant rudement de la main un Anglais qui voulait le retenir; et Louison, voyant ses deux amis en fuite, s'élança sur leurs traces. A peine eut-on le temps de tirer sur eux cinq ou six coups de pistolet, dont un seul blessa le cheval de Corcoran.

Quant aux cipayes indiens qui conduisaient le chariot et qui étaient armés comme leurs maîtres, pas un ne bougea, soit pour aider Corcoran, soit pour le faire prisonnier.

Un seul, le brahmine Sougriva, à qui tous paraissaient obéir, fit faire aux chariots une manœuvre assez singulière, qui retarda pendant trois ou quatre minutes la poursuite des Anglais. Il feignit de vouloir détourner le chariot qui occupait la tête de la colonne, et, dans son empressement, il le fit verser en travers du chemin.

Aussitôt les autres Indiens, comme s'ils avaient obéi à un mot d'ordre, quittèrent leurs chariots et vinrent se grouper autour de celui qui était renversé, remplissant l'étroit passage, enchevêtrant leurs chariots et leurs chevaux de trait l'un dans l'autre, et forçant les Anglais à s'arrêter devant ce mur vivant d'hommes et d'animaux.

Au même instant arrivaient les cavaliers partis du camp pour courir à la poursuite des fugitifs. En tête galopait le bouillant John Robarts.

« Avez-vous vu le capitaine? s'écria John Robarts.

— Quel capitaine?

— Eh ! le maudit Corcoran que le ciel confonde ! Barclay est dans une colère épouvantable. Il s'est laissé jouer comme un enfant, mais il n'en veut pas convenir, et il a promis dix mille livres sterling à celui qui lui ramènera le capitaine Corcoran et la fille d'Holkar.

— Comment s'écria l'un des gentlemen, c'était la fille d'Holkar et nous ne l'avons pas deviné ! Je l'avais prise, à demi cachée sous son voile, pour une jeune miss anglaise qui fait le voyage de l'Inde en compagnie de son futur mari.

— Allons! allons! En route! dit l'impatient Robarts. Mille guinées à celui qui arrivera le premier. »

A ces mots, une ardeur magique s'empara de tous les cœurs. A coups de fouet, on força les Indiens de ranger le long du chemin leurs attelages disloqués, et l'on courut au triple galop sur les traces des fugitifs.

Le jour baissait rapidement, suivant l'usage des tropiques, et la poursuite était d'autant plus vive qu'elle ne pouvait pas durer très longtemps.

X

A l'assaut ! A l'assaut !

De son côté, Corcoran ne s'endormait pas.

Il galopait à côté de Sita, maudissant la sotte curiosité de l'Anglais qui lui avait fait perdre un temps si précieux.

Cependant il espérait que l'approche de la nuit, l'éloignement du camp anglais, et quelque accident heureux, peut-être la rencontre de l'avant-garde d'Holkar, lui donneraient le loisir de regagner Bhagavapour. Ce qui le fâchait le plus, c'était d'être obligé de fuir.

« Fuir devant des Anglais ! pensait-il, quelle honte ! Que dirait mon père s'il me voyait ! Pauvre père, qui n'a jamais rencontré un Anglais sans lui proposer une partie de boxe, ou de savate, ou de quelque autre divertissement semblable à ceux qui

réjouissent ces gentlemen!... Et moi, je galope
devant eux, et tout à l'heure, au lieu de prendre
ce maudit bavard à la cravate et de le jeter dans
le fossé, comme j'en avais envie et comme c'était
mon devoir, je n'ai pensé qu'à lui laisser croire
que j'étais un *goddam* comme lui! c'est à se briser
la tête contre la muraille. »

Pendant ces réflexions, il s'aperçut tout à coup
que son cheval faiblissait, que le galop se ralen-
tissait et, malgré les coups d'éperon, se changeait
en simple trot. Il se retourna et vit que sa botte
était couverte de sang. Son cheval avait reçu une
balle dans le flanc.

Ce nouveau malheur n'abattit pas le courage du
Breton.

Il se hâta de mettre pied à terre.

« Que faites-vous? demanda Sita. Est-ce le moment de faire halte? Les Anglais sont sur nos
traces.

— Ce n'est rien, dit Corcoran, mon cheval est
blessé par la décharge que ces lâches coquins ont
faite sur nous il y a un instant.... Sita, si vous
voulez fuir, partez seule. Louison vous accompagnera et vous défendra....

— Oui, dit Sita, mais qui me défendra de Louison?... »

Corcoran parut frappé de cette réflexion.

« C'est vrai! dit-il, Louison n'a pas diné; il est

déjà tard. Je ne crains rien pour vous sans doute,
mais je ne répondrais pas de votre cheval, ou
peut-être Louison irait-elle chercher sa proie dans
le voisinage.

— Capitaine, dit Sita en descendant de cheval,
je reste avec vous; quel que soit le sort qui vous
attend, nous le partagerons ensemble....

— Ah ! dit Corcoran avec joie, voilà qui tranche
toutes les difficultés! Qu'ils viennent, maintenant,
tous les Anglais, et John Robarts, et Barclay, et
les colonels, et les capitaines, et les majors, et
tous les habits rouges de la création! »

En même temps, il chercha dans les fontes des
selles des deux chevaux, et trouva deux revolvers
tout chargés; celui qu'il avait à la ceinture était
le troisième, et Corcoran avait des cartouches
dans ses poches.

« Nous avons des armes et des munitions, dit-il,
pour trente ou quarante coups de feu, et comme
je compte bien ne tirer que de près et à coup sûr,
je crois que tout ira bien.... Venez avec moi, Sita;
et toi, Louison, va devant comme un éclaireur, et
regarde s'il n'y a pas quelque ennemi caché dans
le jungle »

Le plan de Corcoran était très-simple. De la route
où il était, il apercevait à quelque distance une
petite pagode indienne abandonnée, à laquelle paraissait aboutir un sentier assez large tracé dans

11

le jungle. C'est là qu'il voulait chercher un asile
Entrer dans la pagode, en refermer la porte sur
eux, et barricader l'entrée avec des poutres qui
se trouvaient par hasard dans le voisinage et percer
des meurtrières à travers la porte, ce fut pour les
fugitifs l'affaire d'un instant.

Louison regardait ces préparatifs avec étonnement. Elle était même un peu mécontente. Cela se
comprend ; elle adorait le grand air, les prairies
les vastes forêts, les hautes montagnes ; elle n'aimait pas à être enfermée, et surtout elle ne comprenait pas qu'on prît tant de peine pour s'enfermer soi-même. Aussi Corcoran prit soin de lui
expliquer les raisons de sa conduite.

« Louison, ma chérie, lui dit-il, il n'est pas
temps de vous livrer à vos caprices et de courir
les champs, suivant votre détestable habitude....
si vous aviez rempli votre devoir ce matin, nous
ne serions pas, vous et moi, à l'heure qu'il est,
enfermés sans souper dans une méchante pagode
où il n'y a pas le moindre gibier.... vous avez fait
le mal, ma chérie.... il faut le réparer d'une façon
éclatante. Donc, attention !.... tenez-vous derrière
cette fenêtre ouverte, et si quelque gentleman
essaye de l'escalader, je vous le livre, ma chérie.... »

Ayant donné ces ordres, que Louison promit
d'exécuter ponctuellement, du moins on pouvait
le deviner à la vivacité de son regard, et à la ma-

nière affectueuse dont elle remuait la queue et
entr'ouvrait ses lèvres, Corcoran se retourna vers
Sita pour l'encourager.

« Oh! ne prenez pas la peine de me rassurer,
capitaine, dit-elle en lui tendant la main. Ce n'est
pas pour ma vie que je crains..., c'est pour vous,
qui allez donner la vôtre avec tant de générosité,
et pour mon père qui ne survivrait pas, je le sais,
au désespoir de me voir entre les mains des Anglais. Mais, ajouta-t-elle, les yeux brillants de
fierté, soyez sûr que la fille d'Holkar ne sera pas
reprise vivante par ces barbares aux cheveux roux.
Ou je serai libre avec vous, ou je mourrai. »

Et elle tira de sa ceinture un petit flacon qui
contenait un de ces poisons subtils dont l'Inde
est remplie.

« Voilà, dit-elle, ce qui me sauvera de la servitude et du déshonneur d'épouser ce traître Rao. »

Comme elle finissait de parler, Corcoran entendit un bruit léger comme le sifflement du *cobra
capello*, ce terrible serpent de l'Inde. Il se leva
brusquement, mais Sita lui fit signe de se rasseoir.

A ce sifflement succéda le cri du colibri, puis un
bruit de feuilles froissées.

« Qu'est cela? dit Corcoran.

— Ne craignez rien. C'est un ami, répliqua Sita,
je reconnais ce signal. »

En effet, après un court instant, une voix

d'homme chanta doucement ces vers du Ramayanâ,
par lesquels le roi Djanaka présente la belle Sita
la Vidéhaine, sa fille, à Rama, son fiancé :

« .... J'ai une fille, belle comme les déesses et
douée de toutes les vertus; elle est appelée Sita,
et je la réserve comme une digne récompense à
la force. Très-souvent des rois sont venus me la
demander en mariage, et j'ai répondu à ces
princes : Sa main est destinée en prix à la plus
grande vigueur.... »

Sita se leva alors, et récita, comme une réponse
à la question qui lui venait du dehors, les belles
paroles que la Vidéhaine adresse dans le poëme
de Valmiki à Rama, son époux, lorsque, par la
perfidie de Kékegi, ce héros invincible fut envoyé
en exil et privé du trône :

« .... O toi, de qui les beaux yeux ressemblent
aux pétales du lotus, pourquoi ne vois-je pas le
chasse-mouche et l'éventail récréer ton visage,
qui égale en splendeur le disque plein de l'astre
des nuits?... »

— Ouvrez ! cria alors la voix du dehors. Ouvrez
je suis Sougriva ! »

Corcoran lui tendit la main par-dessus la fenêtre, et quand l'Indou, s'accrochant aux saillies
du mur, fut parvenu jusqu'à cette main, le robuste Breton l'enleva comme une plume, et le déposa dans l'intérieur de la pagode.

A peine arrivé, Sougriva se prosterna devant la fille d'Holkar.

« Relève-toi, dit Sita. Où sont les Anglais?

— A cinq cents pas d'ici.

— Ils nous cherchent toujours?

— Oui.

— Et ils ont retrouvé nos traces?

— Oui. L'un des deux chevaux que vous montiez s'est abattu, frappé d'une balle. Ils en ont conclu que vous deviez être dans le voisinage.

— Et toi, qu'as-tu fait? »

L'Indou se mit à rire silencieusement.

« J'ai fait verser en travers de la route le chariot que je conduisais. Les autres coolies en ont fait autant. C'est un quart d'heure de gagné. »

Ici, Corcoran s'aperçut que la figure de Sougriva était ensanglantée.

« Qui t'a fait cela? demanda-t-il.

— Le seigneur John Robarts, répliqua l'Indou. Quand il a vu le chariot verser, il m'a donné un coup de cravache. Mais je le retrouverai, oh! oui, je le retrouverai avant trois jours, ce chien d'Anglais!

— Sougriva, dit la belle Sita, mon père te donnera la récompense que tu as si bien méritée....

— Oh! dit l'Indien, je ne donnerais pas ma vengeance pour tous les trésors du prince Holkar.... Mais elle est proche, je le sais. »

Et comme il voyait quelque doute dans le regard de Corcoran :

« Seigneur capitaine, dit-il, vous êtes des nôtres, puisque vous êtes l'ami d'Holkar. Avant trois mois il n'y aura plus un Anglais dans l'Inde.

— Oh! oh! dit Corcoran, j'ai entendu déjà bien des prophéties, et celle-là n'est pas plus sûre que toutes les autres.

— Sachez donc, dit Sougriva, que tous les cipayes de l'Inde ont fait serment d'exterminer les Anglais, et que le massacre a dû commencer il y a cinq jours à Meerut, à Lahore et à Bénarès

— Qui te l'a dit?

— Je le sais. Je suis le messager de confiance de Nana-Sahib, le rajah de Bithoor.

— Mais ne crains-tu pas que j'avertisse les Anglais?

— Il est trop tard, répliqua l'Indou.

— Mais, reprit Corcoran encore, qu'es-tu venu faire ici?

— Seigneur capitaine, répliqua Sougriva, je vais partout où je pourrai nuire aux Anglais. Je ne voudrais pas que Robarts mourût d'une autre main que la mienne.... »

A ces mots, il s'interrompit tout à coup.

« J'entends le bruit des chevaux qui trottent dans le sentier, dit-il, c'est la cavalerie anglaise qui arrive. Tenez-vous bien, car l'assaut sera rude.

— Bon! bon! dit Corcoran, je ne suis pas à ma première affaire.... Toi, charge les armes, et vous, Sita, invoquez pour nous la protection de Brahma. »

Quelques instants après, cinquante ou soixante cavaliers entourèrent la pagode et apprêtèrent leurs armes en silence. Tous les autres étaient retournés au camp.

Robarts, qui commandait le détachement, s'avança et dit d'une voix forte :

« Rendez-vous, capitaine, où vous êtes mort!

— Et si je me rends, répliqua Corcoran, serai-je libre avec la fille d'Holkar?

— Par le diable! cria Robarts, vous êtes en notre pouvoir.... allez-vous nous dicter des conditions? Rendez-vous et vous aurez la vie sauve, voilà tout ce que je puis vous promettre.

— Eh bien, dit Corcoran, faites ce qu'il vous plaira. Je ferai de mon mieux. Et maintenant, commencez! »

A ce signal, les Anglais mirent pied à terre, attachèrent leurs chevaux à des arbres et se préparèrent à enfoncer la porte de la pagode avec les crosses de leurs carabines.

Au premier coup de crosse, la porte trembla et chancela sur ses gonds.

« Vous l'avez voulu, dit Corcoran; qu'il soit fait suivant votre plaisir!

En même temps, il tira un premier coup de re
volver par la fenêtre laissée entr'ouverte.

Un Anglais tomba, frappé mortellement.

Aussitôt Corcoran s'effaça contre le mur, et ce
fut un grand bonheur pour lui, car à peine l'eut-
on aperçu qu'on tira sur la fenêtre quinze ou
vingt coups de carabine. Aucun ne l'atteignit.

« Mes enfants, dit-il, vous jetez votre poudre
aux moineaux. Voici comment il faut viser. »

Et d'un second coup, il blessa un autre des assaillants.

A ce coup de revolver, les Anglais ripostèrent
par une seconde décharge, qui fit aussi peu de
mal à Corcoran que la première.

« Gentlemen, dit-il, vous ne faites rien ici que
casser des vitres. N'allez-vous pas essayer quelque
chose de plus sérieux ? »

C'était bien l'intention des Anglais.

Pendant que le gros de la troupe tiraillait contre
la porte et la fenêtre de la pagode, cinq ou six
cavaliers étaient allés chercher un tronc d'arbre
dans le voisinage et l'apportaient en triomphe.

« Diable ! ça devient sérieux, » pensa Corcoran.

Il se tourna vers Sougriva et lui dit.

« La porte va être enfoncée ; c'est clair. On
donnera l'assaut…. Personne ne sait ce qui peut
arriver. Emmène Sita dans quelque coin de la
pagode à l'abri des balles. »

Sita, pleine d'admiration pour le courage de Corcoran, voulait rester à côté de lui, mais Sougriva l'emmena malgré elle et la cacha dans une encoignure.

Pendant ce temps, Louison ne disait rien.

L'intelligente bête devinait tous les désirs et toutes les pensées de Corcoran. Elle savait qu'on lui avait confié la garde de la fenêtre, et rien n'aurait pu la détourner de ce devoir. Du reste, suivant sa consigne, elle se taisait, et restait couchée à plat ventre, les pattes étendues, réfléchissant et attendant.

Cependant le tronc d'arbre qu'on avait apporté fut dirigé à grand renfort de bras contre la porte de la pagode. Dès le premier coup, la porte faillit s'écrouler. Au second, l'un des battants fut enfoncé et laissa ouvert un espace qui pouvait suffire au passage d'un homme.

Corcoran vit que le danger pressait, et laissant à Louison le soin de garder la fenêtre, il se précipita vers la brèche. Il était temps, car déjà un Anglais montrait sa tête rousse et avait engagé ses épaules dans l'ouverture. Heureusement, le passage était encore un peu étroit.

Quand l'Anglais vit approcher Corcoran, il voulut tirer sur lui un coup de carabine, mais il était tellement gêné par les battants de la porte, qu'il n'eut pas le temps d'ajuster et de faire feu. Cor-

coran, au contraire, libre et maître de ses mouvements, appuya le canon de son revolver sur le
crâne de l'Anglais et lui brûla la cervelle.

Puis, comme il n'avait guère de munitions, il
attira de son côté le cadavre de l'Anglais, lui prit
sa giberne, ses cartouches, sa carabine, et, renfort
plus précieux encore, une gourde d'eau-de-vie dont
il avait grand besoin.

Cela fait, il replaça l'Anglais devant la porte pour
refermer la brèche et attendit.

Cependant les assiégeants s'impatientaient.

Ils ne s'étaient pas attendus à rencontrer une
résistance aussi sérieuse; ils avaient déjà deux
morts et un blessé, et ils craignaient de faire des
pertes plus considérables.

« Si nous mettions le feu à la pagode? » con-
seilla un lieutenant.

Heureusement, John Robarts n'entendait pas de
cette oreille.

« Le colonel Barclay, dit-il, a promis dix mille
livres sterling si on lui ramène vivante la fille
d'Holkar. Mais nous n'avons rien à gagner si elle
périt.... Allons! encore un effort, mes garçons!
Est-ce qu'un Français tiendrait en échec la vieille
Angleterre?... Si vous n'entrez point par la porte,
entrez au moins par la fenêtre! »

On obéit aussitôt. Pendant que la moitié de la
troupe continuait à tirailler au travers de la porte,

l'autre moitié se précipita vers la fenêtre, qui était
à douze pieds du sol.

Trois ou quatre soldats faisant la courte échelle
à un sergent, celui-ci mit la main sur le bord de
la fenêtre, s'enleva à la force des poignets et d'un
élan vigoureux s'assit sur la fenêtre.

A cette vue, ses camarades crièrent :

« Hurrah! »

Mais le pauvre diable n'eut pas le temps de crier
à son tour, car à peine avait-il ouvert la bouche,
lorsque Louison se dressa debout sur ses pattes
de derrière, appuya ses pattes de devant sur le
bord de la fenêtre, saisit avec les dents le cou du
malheureux sergent, le brisa et le rejeta sur ses
camarades épouvantés.

Jusque-là, l'on avait oublié Louison; l'exploit
de la tigresse refroidit singulièrement l'ardeur des
cavaliers.

« Après tout, dit un officier, que faisons-nous
là? Nous devrions être au camp. Si Barclay a laissé
échapper la fille d'Holkar, c'est à lui de réparer sa
faute et de la rattraper s'il peut.... Nous sommes
là cinquante, occupés à canarder un gentleman
que nous ne connaissons pas, qui ne nous avait
fait aucun mal et qui ne nous en ferait aucun si
nous consentions à le laisser tranquille. Franche-
ment, cela n'a pas le sens commun.

— Barclay veut reprendre la fille d'Holkar, dit

John Robarts, et Barclay doit avoir ses raisons. Je ne partirai pas sans avoir rempli ma mission.

— Eh bien, répliqua l'autre, rien ne presse. Nous prendrons la fille d'Holkar et son chevalier aussi aisément et bien plus commodément demain qu'aujourd'hui. La nuit va venir....Faisons seulement bonne garde, la main sur nos armes; soupons et dormons. Corcoran n'a pas de vivres. Il sera bientôt forcé de se rendre. »

Le calcul était assez juste, et Corcoran, qui entendait la délibération, était inquiet de l'avenir.

Il vit les Anglais s'éloigner un peu de la pagode, mais sans la perdre de vue, poser des sentinelles de distance en distance et s'asseoir pour souper, car les coolies indous les avaient suivis à distance avec des chariots et venaient de déballer l'argenterie, les pâtés de venaison, les viandes froides et les bouteilles de claret.

Cette vue redoublait le supplice de Corcoran et lui tordait les entrailles, car il avait à peine déjeuné le matin, et la journée avait été remplie de tant d'événements, qu'il ne lui était pas resté une minute pour penser au dîner

Mais ce n'était rien encore auprès de l'inquiétude qu'il avait pour sa chère Sita, élevée jusqu'ici dans le luxe et l'abondance d'un palais, et qui se trouvait tout à coup réduite aux extrémités de la fatigue et de la faim.

Un sujet d'alarme encore plus redoutable était Louison.

Certes, la tigresse était une amie dévouée; mais son appétit était encore plus grand que son dévouement.

Et qui pouvait le lui reprocher? Le ventre n'est-il pas, suivant les physiologistes, le maître et le souverain de la nature entière? Peut-on reprocher à une pauvre tigresse, à peine frottée de civilisation, de ne pas être maîtresse de ses passions et de son appétit, quand on voit tous les jours de très-grands princes, élevés avec soin par de savants gouverneurs et nourris dès l'enfance de la sagesse des philosophes, manquer d'une façon éclatante à tous les préceptes de la morale et de la philosophie!

Corcoran s'inquiétait donc, et avec raison, de l'avenir. Il voyait les yeux de Louison se tourner avec convoitise sur le malheureux Sougriva et il craignait un accident irréparable

Cependant il n'avait guère que le choix des victimes, car Louison voulait souper à tout prix; elle s'agitait, elle bondissait sans motif et sans but apparent. Évidemment, elle avait faim.

Enfin Corcoran prit son parti.

« Ma foi, pensa-t-il, il vaut mieux qu'elle soupe d'un Anglais que de ne pas souper du tout ou de souper de mon malheureux ami Sougriva. »

Sur cette pensée, il appela l'Indou.

« As-tu faim? demanda Corcoran.

— Oh! oui.

— As-tu des vivres?

— Non.

— Veux-tu souper? »

Sougriva le regarda comme s'il ne comprenait pas.

« Oui, j'entends bien, dit Corcoran. Tu demandes où est le souper. Eh bien, regarde. »

Et, de la main, il lui montra les Anglais qui déjà étaient assis sur des tapis et qui avaient commencé à manger.

« Mon ami, continua Corcoran, Louison va sortir. Elle saisira une sentinelle. L'autre criera. On courra aux armes. Tu te glisseras adroitement dans l'herbe, tu prendras le souper des Anglais et tu l'apporteras ici le plus vite qu'il te sera possible. Comprends-tu maintenant? Moi, si c'est nécessaire, je ferai une sortie les armes à la main pour protéger ton retour.... C'est une affaire décidée?...

— C'est décidé, » dit le brahmine.

Louison reçut à son tour ses instructions, que Corcoran lui donna à voix basse, plus par gestes que par paroles.

Au reste, la tigresse était si intelligente, qu'elle devina tout de suite le but de sa sortie: elle se

La sentinelle anglaise veillait. (Page 177.)

coula joyeusement par la porte entre-bâillée, et fut suivie de Sougriva.

Les Anglais, ne s'attendant pas à une sortie et se fiant d'ailleurs au nombre, n'étaient pas sur leurs gardes et buvaient joyeusement. La lune, qui s'était déjà levée, éclairait pleinement tous ces mouvements.

Le factionnaire qui veillait devant la porte de la pagode, était à dix pas environ de l'ouverture. En deux bonds, Louison sauta sur lui, le désarma d'un coup de griffe et lui ouvrit la tête avec ses dents.

A ce bruit, au cri du factionnaire mourant, tous les Anglais prirent leurs armes et se mirent à chercher l'ennemi. La vue de Louison fit reculer un instant les plus braves. Mais pendant ce temps, Sougriva, qui était presque nu, suivant la coutume des Indous, profitait du désordre et de l'obscurité, se glissait à plat ventre jusqu'au lieu du festin, se hâtait d'empiler le pain, la viande et quelques bouteilles de vin, et revenait sans avoir été vu.

Pour attirer d'un autre côté l'attention des Anglais, Corcoran tira par la fenêtre deux coups de revolver qui n'atteignirent personne. On lui répondit par une décharge de quarante coups de carabine. Les balles s'aplatirent sur le mur de la pagode. Aussitôt Sougriva traversa en courant l'espace de cinquante pas environ qui le séparait de la porte, et se glissa à travers l'ouverture avec son butin.

La sortie avait admirablement réussi, mais Louison ne voulait pas rentrer. C'est en vain que le capitaine faisait entendre son sifflement habituel ; Louison tenait son Anglais et ne voulait pas lâcher prise.

Les autres Anglais firent sur elle une décharge générale, mais à distance et dans l'obscurité ; car aucun d'eux ne voulait se hasarder la nuit à tirer à bout portant sur un tel adversaire. Corcoran frémit. Outre la tendresse réciproque qui l'unissait à Louison, c'est d'elle surtout qu'il attendait son salut.

XI

Sortie des assiégés.

Il y eut un moment de pénible anxiété. Louison
avait poussé un rugissement sourd en recevant la
décharge et s'était aplatie le ventre contre terre.
Était-elle morte ou blessée? ou feignait-elle de
l'être pour rendre la sécurité à ses ennemis? Corcoran regardait par la fenêtre et ne distinguait
rien. De leur côté, les Anglais ne paraissaient pas
fort rassurés. Postés en cercle autour de la pagode, à cinq ou six pas l'un de l'autre, ils rechar-
geaient leurs carabines, tout prêts à faire feu de
nouveau.

Tout à coup un cri de détresse retentit dans le
silence de la nuit. Louison, rampant dans les téné-
bres, avait forcé la ligne des chasseurs, renversé
l'un d'eux, l'avait saisi par devant, et, enfonçant

ses dents au plus profond de la cuisse de l'Anglais, le rapportait à sa gueule vers la pagode.

Aussitôt Corcoran se précipita vers la brèche, fit lâcher prise à Louison, sur qui personne n'osait tirer, de peur de blesser ou de tuer l'homme qu'elle emportait, et fit rentrer Louison, en rendant au malheureux sa liberté.

Mais le pauvre diable ne fut pas d'abord très-sensible à la générosité du vainqueur, car il avait la cuisse broyée par les dents de la tigresse, et il était évanoui.

« Messieurs, cria Corcoran après l'avoir dépouillé de sa carabine, de son revolver et de ses munitions, vous pouvez venir reprendre votre ami. Il n'est que blessé.

— Chien de Français ! cria John Robarts, qui envoya aussitôt chercher le blessé par ceux de ses compagnons et le fit transporter en sûreté, chien de Français, sont-ce là des armes et des alliés dignes d'un gentleman ?

— Mais, chien d'Anglais ! répliqua Corcoran, pourquoi êtes-vous cinquante ou soixante contre moi ? Et pourquoi venez-vous me fusiller, quand je ne demande qu'à vivre en paix avec vous et avec la terre entière ? »

Tout en parlant il réparait la brèche faite à la porte, et entassait, avec le secours de Sougriva, tout ce qui pouvait servir à former une barricade.

« Or ça, dit ensuite Corcoran, voyons si le vin
de ces hérétiques est bon.... C'est du claret....
Remercions Brahma et Wichnou .... Je craignais
que ce ne fût une bouteille de *pale ale* de la fabrique de M. Alsopp.... Dieu soit loué ! Le pâté est
excellent.... mangez, Sita.... Et toi, Sougriva, ne
ménage rien. Demain matin nous serons tués ou
délivrés....

— Seigneur capitaine, dit Sougriva, ayons
bonne espérance..., je viens de faire une découverte.

— Laquelle ?

— Tout à l'heure, en cherchant une planche
pour boucher cette maudite brèche qu'ils ont faite
à la porte d'entrée, j'ai senti que je mettais le pied
sur une trappe.

— Eh bien ?

— Seigneur capitaine, cette trappe doit conduire
à quelque souterrain, et le souterrain a peut-être
une issue sur la campagne. Dans ce cas, nous
sommes sauvés.

— Sauvés, dis-tu ?.... Toi, oui ; mais Sita, non
Tu vois bien que la pauvre enfant est à bout de
forces et hors d'état de marcher....

— Seigneur, si je trouve le souterrain comme
j'ai trouvé la trappe, et si ce souterrain aboutit,
comme je l'espère, en rase campagne, Holkar sera
averti dès le milieu de la nuit. »

. Corcoran se leva aussitôt.

Sougriva ne s'était pas trompé. Sous la trappe, qu'il souleva avec beaucoup de peine, derrière l'autel de Wichnou, se trouvait un escalier de trente marches.

« Descends seul, dit Corcoran, il faut que je veille. »

Par bonheur, il avait dans sa poche un briquet et il parvint à allumer un des cierges de l'autel. Sougriva le prit et descendit avec précaution. Au bout de quelques minutes il revint.

« Le souterrain est un corridor, dit-il, et ce corridor aboutit à une grille, à cent pas d'ici, derrière le bivouac des Anglais. Je suis sûr maintenant d'arriver à Bhagavapour, si quelque tigre ne rôde pas sur la route.

— Souviens-toi, dit Corcoran, que si la nuit est tranquille, la matinée sera orageuse, et dis à Holkar de se hâter.

— Sougriva, ajouta la belle Sita, dis à mon père, Holkar, que sa fille est sous la garde du plus brave et du plus généreux des hommes. Et vous, capitaine, dormez un instant, c'est à moi de veiller sur nous.... »

Sougriva se prosterna, éleva ses mains en forme de coupe et partit.

Corcoran, resté seul avec la fille d'Holkar, s'assit près d'elle et lui dit :

« Chère Sita, je me souviendrai longtemps du bonheur que je goûte ce soir près de vous....

— Seigneur Corcoran, répondit la princesse, il me semble que j'ai toujours vécu ainsi, et que ma vie passée, si paisible et si douce, n'était qu'un rêve auprès de ce que j'ai vu et senti depuis hier.

— Et qu'avez-vous senti ? demanda le Breton.

— Je ne sais, répondit-elle naïvement. J'ai eu peur. J'ai cru qu'on voulait me tuer. J'ai cru que je me tuerais moi-même pour échapper à cet infâme Rao ; j'ai espéré vivre, en vous retrouvant dans le camp anglais, et j'en ai été sûre quand j'ai vu avec quel courage et quel sang-froid vous aviez bravé tous les dangers. »

Corcoran souriait en écoutant ces paroles naïves.

« Quelle fille charmante ! pensait-il, et qu'il vaut mieux passer la nuit dans cette pagode en causant paisiblement de Brahma, de Siva et de Wichnou (malgré la présence des Anglais et leurs carabines), que de chercher sottement le propre manuscrit du seigneur Manou, le plus sage des Indiens, et celui que respecte le plus l'Académie des sciences de Lyon.... Ah ! il n'est rien de tel au monde que de sauver les belles princesses ou de donner sa vie pour elles. »

Pendant ces réflexions le sommeil venait. Le danger ne paraissait pas d'ailleurs très-grand, à cause de la fatigue des Anglais.

Enfin Louison veillait, ou si elle dormait c'était d'un œil, comme les chats, ses cousins germains; et l'autre œil, à demi ouvert, distinguait les plus petits objets dans l'épaisseur des ténèbres Enfin, à défaut de ses yeux, ses oreilles entendaient jusqu'au moindre son.

C'est pourquoi, voyant que tout était tranquille, et que Sita elle-même succombait à la fatigue, Corcoran s'étendit sur une natte et dormit jusqu'au jour.

XII

Donnez-moi cet Anglais. — Que veux-tu en faire?
Le pendre. — Bien volontiers.

Pendant qu'à l'intérieur de la pagode et à l'extérieur tout le monde dormait, excepté Louison et deux factionnaires, Sougriva, suivant toujours le corridor souterrain, arriva à la grille. Mais là, on ne voyait point de serrure.

Il chercha longtemps par quel moyen on pouvait sortir, et enfin, à force de tâtonner, il poussa du pied une petite statuette qui représentait Brahma sans pieds ni mains, soutenant l'univers sur ses épaules.

La statuette grinça légèrement, tourna sur elle-même, et la grille s'ouvrit. Aussitôt Sougriva éteignit son cierge, referma sans bruit la grille, se glissa dans les broussailles et disparut pendant quelques instants.

Il avait son projet. Il fit avec précaution le tour
du bivouac des Anglais qui dormaient négligemment, se fiant à la vigilance des deux factionnaires.

En rampant comme un serpent dans les jungles,
il fut aperçu par l'un des coolies indiens. Celui-ci
allait donner l'alarme, mais Sougriva lui fit, avec
deux doigts levés de la main droite, un signe ca-
balistique.

Aussitôt l'autre garda le silence.

Sougriva cherchait deux choses : un cheval pour
remplir son message, et John Robarts pour lui
couper la tête.

Par bonheur, ce gentleman dormait paisiblement près du bivouac à demi éteint, au milieu de
dix ou douze autres gentlemen dont les bras et
les jambes étaient enchevêtrés de la plus pittoresque façon.

Sougriva tenait son ennemi ; mais s'il l'avait
tué, toute la troupe se serait éveillée et sa mission aurait été manquée. Il consentit donc, pour
le moment, à prendre patience, se promettant
bien d'ailleurs de retrouver John Robarts un jour
ou l'autre.

Puis il détacha avec précaution un des chevaux
qui étaient entravés, lui remit sa bride, accrochée
négligemment à un arbre voisin, et pour empêcher le bruit, lui enveloppa les pieds avec des

morceaux d'une couverture de feutre qui se trouva
là par hasard. Ensuite il s'éloigna lentement du
bivouac en tenant son cheval par la bride.

Pendant ce temps le coolie indien, qui ne le perdait pas de vue, s'approcha de lui et lui dit à voix
basse :

« Quel jour?

— Bientôt! répondit Sougriva.

— Où vas-tu?

— Au camp d'Holkar.

— Veux-tu que je te suive?

— C'est inutile. Reste ici; quand j'aurai besoin
de toi, je t'avertirai. La grande nouvelle arrivera
avant une semaine.

— Que Siva en soit louée! » répliqua l'Indou.

Là-dessus il retourna à son poste, se coucha
tranquillement près de ses camarades, et Sougriva, se mettant en selle, partit au pas d'abord,
puis au petit trot, puis, quand il crut être assez
loin des Anglais, au grand galop, se dirigeant vers
Bhagavapour.

Il n'eut, grâce au ciel, aucun accident sur la
route, et ne rencontra même personne.

Comme on s'attendait à une bataille entre Holkar et les Anglais, tous les habitants des villages
situés entre le camp anglais et Bhagavapour avaient
abandonné leurs maisons de peur du pillage, du
meurtre, de l'incendie et de tous les autres ex-

ploits qui assaisonnent habituellement la guerre
et marquent le passage des héros.

Dès que Sougriva fut arrivé aux avant-postes,
on l'interrogea avec curiosité.

« Avant tout, dit-il, où est Holkar? »

On le conduisit au palais.

Le malheureux prince était à demi couché sur
un tapis, mais il ne dormait pas. Depuis l'enlève-
ment de sa fille il n'avait eu qu'une seule pensée,
et dans son désespoir il avait failli se poignarder
lui-même ; mais le désir de la vengeance le soutenait encore.

« Qui es-tu? dit-il en soulevant sa tête appe-
santie. Quel nouveau malheur viens-tu m'annoncer?

— Seigneur Holkar, dit le messager ; recon-
naissez-moi. Je suis Sougriva, l'ami de Tantia-
Topee et le vôtre.

— Ah! Tantia-Topee! Il arrivera trop tard!....
Et d'où viens-tu, Sougriva?

— Du camp anglais.

— Tu as vu les Anglais! s'écria Holkar ranimé
par la colère. Où sont-ils? que font-ils? C'est à eux
que je dois la perte de ma fille, de ma pauvre Sita! »

De grosses larmes coulèrent des yeux du vieillard.

« Seigneur, dit Sougriva, votre fille est retrouvée.

— Où est-elle? Entre les mains du colonel Barclay, ou de cet infâme Rao?

— Elle est en sûreté, seigneur, du moins pour le moment. Ce brave Français, votre hôte, l'a retrouvée et l'a prise sous sa garde. »

En même temps Sougriva fit en peu de mots le récit de la fuite de Corcoran et de Sita.

« Il n'y a pas un moment à perdre pour les secourir, dit-il en terminant. Demain matin les Anglais peuvent recevoir du renfort, et alors il faudrait livrer une véritable bataille dont le succès est incertain.

— Bien! dit Holkar. Appelle Ali! »

Ali, qui veillait, le sabre nu, derrière la porte, entra sur-le-champ.

« Ali, dit le prince, fais sonner le boute-selle pour la cavalerie. Qu'avant une demi-heure tout le monde soit prêt à partir. »

En un clin d'œil l'ordre fut exécuté; la trompette retentit dans les rues de la ville. Les cavaliers se rassemblèrent, et l'on se hâta de harnacher l'éléphant favori d'Holkar.

« C'est celui sur lequel elle aimait à monter, dit le malheureux père.... Toi, Sougriva, prends un cheval et sers-nous de guide.

— Au moins, seigneur, dit l'Indou, en échange du service que je vous rends, vous m'accorderez une grâce.

— Dix! cent! mille! la moitié de mes États si tu me fais retrouver ma fille! s'écria Holkar.

— Non, seigneur, je n'ai pas tant d'ambition. Ce que je veux, c'est la vie du lieutenant John Robarts.

— Tu veux sauver ce Feringhee

— Moi! s'écria Sougriva en riant d'un rire sauvage, le sauver! Que je sois à jamais privé de la vue de Wichnou, si j'ai pensé à sauver un Anglais!

— Oh! alors, c'est facile, dit Holkar. Je te le donne, et dix autres avec lui. »

En même temps, pendant qu'on achevait les préparatifs du départ, il fit quelques questions à Sougriva sur la force et la position de l'armée anglaise.

« Seigneur, dit l'Indien, j'ai tout vu. Avant-hier au soir, je sortis de Bhagavapour afin de rendre visite au 21ᵉ régiment de cipayes, où j'ai des amis et des intelligences. Comme j'étais sous l'habit d'un mendiant, aucun des habits rouges ne s'occupa de moi. On me laissa tranquillement errer dans le camp, et réciter mes prières à Wichnou. C'est alors que je pus parler à plusieurs cipayes, dont l'un est sergent et affilié à notre conspiration. Ah! seigneur, c'est un plaisir de voir comme ils haïssent et méprisent ces maudits Anglais!... Tout en eux est horrible! Leurs blasphèmes, leur voracité, leur habitude de manger des mets consacrés, leur impiété, les sermons de leurs prêtres, la brutalité des chefs, la sévérité de la discipline.... Croiriez-vous, seigneur, qu'ils font fouetter des brahmines, des hommes de haute caste, comme de jeunes enfants?...

« Enfin, en quelques heures, je fus au courant de tout, je donnai le mot d'ordre à tout le monde, et j'allais partir, lorsque je vis arriver au camp la princesse Sita, votre fille, enlevée par ce traître Rao. »

A ce souvenir, Holkar poussa un profond soupir.

« Oh! dit-il, quand je pense que j'ai tenu ce misérable à mes genoux, que je pouvais le faire empaler, et que je ne l'ai pas fait! Partons! » ajouta-t-il.

En même temps il se mit en selle et s'élança au grand trot, suivi de deux régiments de cavalerie.

Comme la distance qui séparait Bhagavapour de la pagode où Corcoran soutenait un siége était à peine de trois lieues de France, Holkar arriva un peu après le point du jour sur le champ de bataille.

XIII

La toilette du capitaine.

Dès cinq heures du matin la fraîcheur de la nuit avait éveillé tout le monde, et Corcoran le premier.

Il se leva, chargea ses armes avec soin, alla droit à la fenêtre où Louison était toujours étendue, indécise entre la veille et le sommeil, étendit les bras en bâillant et regarda l'horizon.

Il n'y avait pas un nuage au ciel; les étoiles seules brillaient encore d'un vif éclat avant de disparaître. La lune était déjà couchée.

A quelque distance, un ruisseau, qui tombait en cascade dans les rochers, faisait entendre le seul bruit qu'il y eût alors dans tout le pays.

Toute la nature semblait pacifique, et les hommes eux mêmes, qui s'étiraient lentement les bras, ne paraissaient avoir aucune envie de se battre.

Mais le bouillant John Robarts en jugea autrement.

Ce gentleman avait rêvé toute la nuit aux dix mille livres sterling promises par le colonel Barclay. Il avait quelque part, en Écosse peut-être, d'autres disent en Angleterre, — oui, c'est en Angleterre, je m'en souviens maintenant, — à trois lieues de Cantorbéry, une tante rousse et laide.

Mais cette tante rousse et laide avait une fille blonde et jolie, la propre cousine de John Robarts, miss Julia, et cette cousine jouait du piano. Oh! jouer du piano, quel talent! Et entendre des jeunes filles blondes qui jouent du piano, quelle félicité!

Mais revenons à la cousine de John Robarts. Miss Julia chantait des chansons admirables et des romances sans fin, où la lune, les petits oiseaux, les hirondelles, les nuages, les sourires et les larmes jouaient le premier rôle, — tout comme dans nos admirables romances françaises, — ce qui fait qu'elle pensait toute la journée aux moustaches rousses de John Robarts, qui de son côté, pensait trois fois par semaine aux yeux bleus de Julia.

De cette coïncidence des pensées naquit, comme

on devait s'y attendre, une sympathie réciproque.

Mais comme miss Julia était une héritière de quinze mille livres sterling, et comme Mme Robarts tante de John, calculait fort bien, et comme elle savait que John n'avait pas un shelling vaillant en dehors du prix de son grade, mais qu'en revanche il devait cinq ou six cents livres sterling à son tailleur, son bottier, son passementier et ses autres fournisseurs, — John fut mis poliment à la porte du cottage délicieux où miss Julia passait ses jours en compagnie de sa mère.

De désespoir, John demanda à passer dans l'Inde, espérant y faire fortune, comme Clive, Hasting et tous les nababs.

Il obtint aisément cette faveur, grâce à la protection de sir Richard Barrowlinson, baronnet, dont nous avons déjà parlé, et l'un des directeurs de la compagnie.

Mais quoique John Robarts fut très-brave, il n'avait pas encore trouvé l'occasion de montrer son courage, et il en était réduit à désirer que tout l'Indoustan prît feu, afin que lui, Robarts eût le plaisir d'éteindre l'incendie et d'égaler la gloire d'Arthur Wellesley, duc de Wellington. De là vient qu'il battait la campagne soir et matin avec tant d'ardeur, espérant toujours rencontrer le trésor nécessaire pour acheter le délicieux cottage qu'on voit près de Cantorbéry, — Robarts House, — et, avec le cottage, la jeune propriétaire.

De là vient qu'il courut avec tant d'ardeur sur les traces de Corcoran et de Sita.

Aussi fut-il sur pied en même temps que Corcoran.

« Allons, debout; paresseux ! Inglis ! Witworth ! levez-vous ! Le soleil va paraître. Barclay nous attend, et nous ne pouvons pas retourner au camp les mains vides. »

Son ardeur finit par éveiller tout le monde.

Chacun fit ses ablutions selon la mode ordinaire. On tira des porte-manteaux toutes sortes de peignes, de brosses, de savons et d'objets de parfumerie, et l'on fit sa toilette au grand jour, sous les yeux de Corcoran.

Ce spectacle, qui aurait dû réjouir les yeux du Breton, le rendait de fort mauvaise humeur.

« Sont-ils heureux, ces *goddem*, pensait-il, de pouvoir faire leur toilette comme à l'ordinaire, et de se tenir prêts à paraître devant les dames… Pour moi, je suis fagoté comme un chien crotté, sur ma parole. Mes habits sont couverts de poussière, mes cheveux sont entortillés l'un dans l'autre comme les phrases d'un roman de Balzac, et je dois avoir une mine hâve, pâle et fatiguée comme si j'avais peur ou comme si je m'ennuyais ! Sita va s'éveiller tout à l'heure au bruit des coups de fu-

sil, et, si par malheur je suis tué, il ne lui restera
de moi que le souvenir d'un grand malpeigné....
Mais comment faire ? comment éviter ce malheur ?»

Il la regarda quelque temps d'un air attendri.

« Qu'elle est belle! se disait-il. Elle rêve sans
doute qu'elle est dans le palais de son père, et
qu'elle a cent esclaves à son service.... Pauvre Sita!
qui m'aurait dit avant-hier matin que j'aurais tant
de bonheur à donner ma vie pour une femme?...
Est-ce que je l'aime?... Bah! à quoi cela me ser-
virait-il?... Allons, j'aurais mieux fait de chercher
paisiblement le manuscrit des lois de Manou. »

Tout à coup, en regardant par la fenêtre, il lui
vint une idée.

Les Anglais avaient déjà terminé leur toilette et
allaient remettre leurs peignes et leurs brosses
dans les porte-manteaux, lorsque Corcoran tira
son mouchoir de sa poche et fit signe au factionnaire de s'approcher.

Celui-ci vint sous la fenêtre.

« Appelez M. John Robarts, dit Corcoran, j'ai
une demande importante à lui faire. »

John Robarts s'approcha tout joyeux, croyant
tenir ses dix mille livres sterling.

« Eh bien, dit-il d'un air de triomphe, vous voulez capituler, capitaine ? Je savais bien que vous
en viendriez là, tôt ou tard. Au reste, je ne vous

ferai pas de trop dures conditions. Ouvrez seulement la porte, remettez-nous la fille d'Holkar et
suivez-nous.... Je suis sûr que Barclay vous re-
mettra en liberté en vous priant seulement de vous
rembarquer pour l'Europe.... Au fond, Barclay est
bon diable. »

Corcoran souriait.

« Ma foi, dit-il, mon cher Robarts, je suis bien
aise de vous voir, vous et Barclay, dans ces dispositions; mais ce n'est pas cela dont il s'agit pour
le moment. Vous avez ici-bas toutes vos aises, un
clair ruisseau, des domestiques pour cirer vos
bottes et battre vos habits. Seriez-vous assez bon
pour me prêter....

— Parbleu ! dit John Robarts, à qui l'aventure
parut plaisante, tout ce que vous voudrez. »

Et il lui porta lui-même son nécessaire de
voyage.

« Quant à la capitulation, ajouta-t-il....

— Oh ! oh ! dit Corcoran, je vous demande un
quart d'heure de trève pour réfléchir et prendre
un parti

— Rien n'est plus raisonnable, reprit l'Anglais....
Et, tenez, capitaine, vous me plaisez, je ne sais
pourquoi, car vous avez fait dévorer cette nuit par
votre tigre un de mes meilleurs amis, ce pauvre
Waddington.

— Vous savez, répliqua Corcoran, que ce n'est

Préparatifs de combat de sir John Robarts. (Page 196.)

pas ma faute, si Louison en a mangé. Cette pauvre
bête n'avait pas encore dîné.

— Rendez-vous, répondit Robarts. On ne vous
fera aucun mal, non plus qu'à la fille d'Holkar....
Est-ce que vous croyez que je fais la guerre aux
femmes?... Est-ce que les Français font la guerre
aux femmes ?...

— Mon cher Robarts, dit le Breton, ne dépensons
pas en des conversations inutiles le quart d'heure
de trêve que vous m'avez accordé. »

Robarts s'éloigna. Aussitôt Corcoran commença
sa toilette, qui fut assez sommaire, comme on
pense, car il veillait toujours sur les Anglais, de
peur de surprise.

Mais ses craintes étaient vaines. Personne n'essaya de l'attaquer par trahison.

Enfin ses préparatifs étaient terminés. Il regarda sa montre, le délai fixé expirait. Il voulut
du moins, avant de mourir, dire un dernier adieu
à la fille d'Holkar.

Quand il s'approcha d'elle, Sita ouvrit les yeux :

« Où suis-je? » demanda-t-elle d'un air étonné.
Puis, reconnaissant la pagode et se rappelant les
événements de la veille :

« Ah! dit-elle, mon rêve valait bien mieux....
j'étais à Bhagavapour, sur le trône de mon père....
vous étiez à mes côtés....

— Sita, chère Sita, je suis sûr que Sougriva a tenu

sa promesse et que votre père va venir à votre
secours... Puisse-t-il arriver assez tôt pour vous
délivrer! Mais s'il m'arrivait quelque.... accident....

— Oh! ne parlez pas ainsi, Corcoran, je sais, je
suis sûre que vous serez vainqueur.... Mon songe
me l'a dit, et les songes ne sont pas menteurs....

— Eh bien, dit Corcoran, jurez-moi que vous
garderez de moi un éternel souvenir.

— Je jure, dit Sita, que je vous... »

Elle s'arrêta et reprit en rougissant :

« .... Que je ne vous oublierai jamais! »

Corcoran qui craignait de s'attendrir, courut à
la fenêtre.

Déjà Robarts s'impatientait.

« Eh! capitaine, disait-il, la trêve est expirée, la
fête va commencer. Il faut que nous soyons de
retour au camp avant dix heures du matin, et il
est déjà six heures.

— Je suis prêt. » cria Corcoran.

Et, en effet, il l'était, car il s'effaça très à propos
pour éviter une grêle de balles qui tomba tout
autour de lui. Les balles s'aplatirent contre le
mur sans blesser personne.

Mais, comme les Anglais, pour l'ajuster, étaient
forcés de se mettre à découvert, Corcoran mit Robarts en joue, et tira. Le coup partit : la balle fit
un trou dans le chapeau de Robarts, et lui enleva
une mèche de cheveux.

Robarts recula instinctivement et chercha un abri derrière l'arbre le plus voisin.

« Mon ami, lui cria Corcoran, voilà comment il faut viser quand on s'en mêle, je n'ai voulu que trouer votre chapeau. »

Tout à coup un incident tragique faillit mettre fin à l'assaut et introduire l'ennemi dans la place.

Un des Anglais, se glissant rapidement le long du mur, essaya de passer par la brèche ouverte la veille, et comme Corcoran avait mal barricadé l'entrée, faute de matériaux suffisants, l'Anglais aurait pénétré par là dans la pagode, et, suivant toute apparence, aurait mis fin au combat en frappant le Breton par derrière.

Heureusement, Louison veillait. Cachée derrière le battant de la porte, elle attendait l'Anglais. Tout à coup, d'un violent effort il poussa la barricade, renversa deux ou trois planches mal assujetties et pénétra à moitié dans la place, mais la tigresse le renversa d'un seul coup de patte et le mordit si furieusement à la gorge qu'il rendit le dernier soupir.

Cette vue et le goût du sang avaient mis Louison en appétit, et elle aurait peut-être sacrifié le plaisir de combattre au déjeuner, si un coup de sifflet de Corcoran ne l'eût rappelée à son poste.

Il commençait à s'inquiéter. Aucune nouvelle d'Holkar. Sougriva avait-il rempli sa mission?

Avec cela, ses munitions s'épuisaient.

Dès que Corcoran se montrait à la fenêtre, il était comme une cible pour quarante ou quarante-cinq carabines dont le feu protégeait ceux qui faisaient manœuvrer la poutre; la grande porte allait céder tout entière. Les gonds étaient à demi descellés.

Corcoran, à travers l'ouverture, tira dans la masse des assaillants cinq coups de revolver. Aux malédictions qui s'élevèrent, il vit bien que les coups avaient porté; mais sa position n'en devenait pas meilleure.

« Montez vite l'escalier! cria-t-il à Sita, et ne vous effrayez de rien. »

Elle obéit. Lui-même la suivit aussitôt. Louison faisait l'arrière-garde.

Il était temps, la porte s'écroula avec un fracas immense, et par la brèche ouverte entrèrent à la fois tous les assaillants.

Mais leur surprise fut grande lorsqu'ils virent Louison seule à découvert sur l'escalier. Derrière elle on entendait le bruit du revolver que Corcoran rechargeait dans l'ombre, car l'escalier était tortueux et cachait Corcoran aux regards.

« Dieu me damne! s'écria Robarts en fureur, c'est un nouveau siége à faire. Rendez-vous, capitaine! toute résistance est impossible.

— Le mot impossible n'est pas français.

Siège de l'escalier. (Page 204).

— Si l'on vous prend de force, vous serez fusillé.

— Fusillé! soit, dit le Breton. Et si je vous prends, moi, je vous couperai les oreilles.

— Apprêtez les armes! » cria Robarts.

Les soldats obéirent.

« Chère Sita, dit Corcoran, montez, je vous prie, quelques marches de plus, les balles pourraient frapper le mur et ricocher sur vous. »

Lui-même donna l'exemple et fut bientôt suivi de Louison. De cette façon, grâce à la construction de l'escalier, ils se trouvèrent à l'abri des balles, et quant à un combat corps à corps dans un espace aussi resserré, tout l'avantage était évidemment pour Corcoran et Louison.

Mais un événement inattendu changea la face des affaires.

Tout à coup un soldat anglais, qui était resté dehors pour empêcher la fuite de Corcoran, entra brusquement dans la pagode en criant :

« Voici l'ennemi qui arrive!

— Quel ennemi! demanda Robarts. C'est le colonel Barclay qui nous envoie du renfort.

— C'est Holkar, j'ai vu leurs drapeaux. »

Effectivement on entendait le galop pesant de la cavalerie.

« Que le diable l'emporte! pensa Robarts. Voilà dix mille livres sterling jetées à l'eau, sans compter ce qu'Holkar nous réserve »

Et tout haut :

« Hors d'ici tous ! A cheval ! »

Toute la troupe se hâta d'obéir.

« Et maintenant, dit Robarts, sabre en main et chargeons cette canaille ! En avant pour la vieille Angleterre ! »

Puis il s'avança au grand trot dans la direction d'Holkar.

XIV

Comment l'assiégeant devint l'assiégé

Quoique les deux troupes fussent fort inégales
en nombre, les chances du combat étaient assez
partagées.

Outre que la cavalerie anglaise, toute composée
d'Européens, était fort supérieure dans les luttes
d'homme à homme à la cavalerie d'Holkar, la disposition du terrain ne permettait pas à Holkar
d'envelopper les Anglais et d'user de l'avantage
du nombre.

La pagode était située sur une éminence, au milieu d'un jungle épais, qui s'élevait fort au-dessus de la taille d'un homme ordinaire, et au
travers duquel il était impossible à un cavalier
de pénétrer.

Trois chemins tracés à travers le jungle, abou-

tissaient à cette éminence, et ces chemins, assez
étroits, étaient faciles à défendre. Une fois engagée
dans ces défilés, la cavalerie d'Holkar se trouvait
face à face avec les Anglais, et l'issue du combat
dépendait du courage individuel plus que du nombre des combattants.

Holkar frémissait de rage en voyant ces obstacles
que la nature et la disposition du terrain lui op-
posaient.

Au reste, le premier choc des deux cavaleries
n'était pas fait pour lui donner grande confiance.
Les Indiens soutinrent assez bien la première décharge; mais quand ils virent les Anglais, — John
Robarts en tête, — s'avancer sur eux au grand trot,
le sabre nu, et prêts à les mettre en pièces, rien
ne put retenir les fuyards.

Ils tournèrent bride sur le champ et revinrent
sur la route de Bhagavapour. Là, Holkar les rallia,
et leur montrant le petit nombre des Anglais, leur
rendit la confiance et l'audace.

John Robarts, emporté par son ardeur, voulut
pousser plus loin son avantage et crut mettre ses
ennemis en déroute; mais arrivé sur la grande
route, à l'entrée d'une vaste plaine où Holkar pouvait l'envelopper sans peine, il changea de dessein
et revint sur ses pas au petit trot.

Holkar le poursuivit mollement.

Sougriva s'approcha de lui.

« Je n'entends rien, dit Holkar. Est-ce que Corcoran aurait péri, ou bien serait-il prisonnier avec ma fille ?

— Seigneur, dit Sougriva, je vais m'en assurer. A coup sûr, votre fille est vivante, car les Anglais ont trop d'intérêt à la garder pour toucher à un seul cheveu de sa tête, et quant au capitaine, je l'ai vu à l'œuvre, et la balle qui doit le tuer n'est pas encore fondue. »

Comme il finissait de parler, on entendit une grande clameur poussée par les Anglais. C'était Corcoran qui s'échappait de la pagode, précédé de Louison et de la belle Sita. Le Breton faisait l'arrière-garde.

En voyant les Anglais sortir de la pagode, il s'était bien douté de l'arrivée d'Holkar ; mais comme il n'avait pas grande confiance dans la valeur des malheureux Indous, il n'espérait pas être délivré de vive force. Avant de rien tenter, il voulut consulter Sita.

« Nous sommes à cinq cents pas de votre père, dit-il, voulez-vous le rejoindre à tout prix ? »

Pour toute réponse, elle se tint prête à le suivre.

« Faites bien attention ! dit Corcoran, la bataille est commencée, et les balles ne connaissent personne, je vais lancer Louison en avant dans le chemin de gauche qui est à peine gardé.... A la vue de Louison, les cinq ou six cavaliers qui sont

là en éclaireurs s'écarteront, vous ne pouvez en
douter.... Vous suivrez Louison, et moi je vous
suivrai. »

Et, en effet, profitant de la distraction des Anglais, dont toute l'attention était tournée du côté
d'Holkar, tous trois traversèrent heureusement
l'espace découvert qui les séparait du jungle,
s'engagèrent dans les broussailles, et guidés par
le bruit des coups de feu, rejoignirent sains et
saufs Holkar et sa cavalerie.

En revoyant sa fille délivrée, Holkar, plein de
joie, la serra dans ses bras, et se tournant vers
Corcoran :

« Ah! capitaine, dit-il, comment ferai-je pour
m'acquitter envers vous?

— Seigneur Holkar, répliqua le Breton, aussitôt que vous aurez quelque loisir je vous
prierai de chercher avec moi le fameux manuscrit
des lois de Manou que l'Académie de Lyon rede-
mande à cor et à cri : mais aujourd'hui nous avons
d'autres affaires. Si vous m'en croyez, nous allons
faire retraite vers Bhagavapour. L'armée anglaise
doit être en marche, à l'heure qu'il est, sous le
commandement du colonel Barclay ; il ne faudrait
pas beaucoup de temps à un officier plus actif pour
nous couper la retraite..... Partez, et partez
vite!..

— Et vous? demanda Holkar.

— Oh ! moi, c'est autre chose.... Si vous voulez
me laisser un de vos deux régiments, je vous
promets d'enfermer John Robarts dans la pagode
et de l'enfumer comme un renard. Ah ! il voulait
me fusiller, ce gentleman ! Eh bien, je vais, moi
lui apprendre à vivre. »

Cette idée plut beaucoup à Holkar.

« Capitaine, dit-il à Corcoran, c'est à vous d'accompagner Sita, et à moi de couper la gorge à
John Robarts !

— En toute autre occasion, j'accompagnerais Sita
avec plaisir ; mais aujourd'hui, je n'en ferai rien....
Robarts m'a provoqué, je suis tout à Robarts !

— Eh bien ! dit Holkar, je reste.

— Au moins, ajouta Corcoran, envoyez des éclaireurs au-devant des Anglais, afin d'être prévenu
de leur arrivée. »

Et, en effet, Sougriva fut chargé, avec une trentaine de cavaliers, de surveiller les mouvements
de l'ennemi.

« Maintenant, dit Corcoran, que Sita monte dans
son palanquin, et que l'éléphant soit retenu sous
bonne garde, hors de la portée des balles, et en
avant sur ce maudit Robarts ! »

Animés par l'exemple d'Holkar et du capitaine
qui marchaient au premier rang, les Indous s'a-
vancèrent assez fièrement à la rencontre de l'ennemi. Celui-ci, de son côté, fit retraite.

John Robarts, dès l'arrivée d'Holkar, avait
envoyé un soldat qui devait rejoindre le colonel
Barclay et l'avertir du danger de son lieutenant.

Dès qu'il vit que Corcoran s'était échappé, il
devina que sa position allait devenir très-critique.
Aussi, sans attendre d'y être forcé, John Robarts
chercha un asile dans la pagode qui avait servi
de forteresse à Corcoran.

Il répara tant bien que mal les brèches que sa
propre troupe avait faites. Il releva et referma la
porte, entassant des meubles de toute espèce pour
la barricader.

Quand les soldats d'Holkar parurent, quarante-
trois carabines anglaises se montrèrent à travers
les meurtrières et firent une décharge générale.
Il y eut quelques morts et dix blessés parmi les
Indous, et ce début fâcheux refroidit un peu leur
ardeur.

« Je promets mille roupies, dit Holkar, au premier qui mettra le pied dans la pagode. »

Mais cette offre ne tenta personne. Les malheureux Indous se voyaient exposés, sans abri, à
un feu terrible. Au contraire, l'ennemi était à
couvert.

« Voyons, dit Corcoran à Holkar, il faut donner
l'exemple, car ces pauvres diables ont une peur
terrible d'aller voir Brahma et Wichnou face à
face. »

Il mit pied à terre, et, suivi d'une vingtaine d'hommes, alla ramasser le tronc d'arbre qui avait déjà servi aux Anglais contre lui. Il le poussa comme un bélier contre la porte de la pagode, qui céda du coup et fut à demi renversée sur la barricade qui la soutenait par derrière.

A cette vue, les Indous poussèrent un cri de joie ; mais cette joie fut courte, car les carabines anglaises s'abaissèrent de nouveau dans la direction des assaillants, et cette fois à une si courte distance, que les plus braves s'arrêtèrent n'osant franchir cette redoutable brèche.

Corcoran, qui vit leur hésitation, se hâta de commander le feu ; mais une double décharge enveloppa les combattants d'un nuage de fumée. Cinq Anglais étaient renversés, morts ou mourants. Dix ou douze Indous avaient eu le même sort. Le reste, découragé par ce mauvais succès, inclinait visiblement vers la retraite. Holkar lui-même paraissait indécis.

« Ah ! pensa le Breton en soupirant, si j'avais seulement avec moi deux ou trois bons matelots du *Fils de la Tempête*, comme nous monterions tout de suite à l'abordage ! mais avec ces poules mouillées, il n'y a rien à faire. Encore, dit-il à Holkar, si vous aviez amené un canon !

— Mais, répliqua Holkar, si nous mettions le feu à la pagode ? Qu'en dites-vous ?

— J'aurais aimé, dit Corcoran, oui, j'aurais aimé à prendre vivant ce gentleman mal élevé qui voulait me faire fusiller.... Enfin ! puisqu'il n'y a pas moyen de faire autrement, grillons-le. »

Aussitôt les Indous se hâtèrent de couper les herbes sèches du jungle et de les entasser tout autour de la pagode. Mais, au moment où l'un d'eux y mettait le feu, on entendit quelques coups de fusil dans le lointain.

A ce bruit, Corcoran et Holkar prêtèrent l'oreille.

« Laissez là ces Anglais et votre vengeance, dit le Breton, et reprenons au grand trot le chemin de Bhagavapour ; ces coups de feu doivent venir de l'avant-garde de Barclay. »

Au même instant Holkar donna ordre de tourner bride, de revenir sur la grande route, de se former en bataille et d'attendre là les événements.

XV

Comment Louison s'étendit à la manière des chats sur le dos du puissant Scindiah, aux pieds de la belle Sita.

Sougriva ne tarda guère à paraître, chaudement poursuivi par l'avant-garde du colonel Barclay.

Celui-ci, qui déjà levait son camp pour marcher sur Bhagavapour, avait appris avec un étonnement mêlé d'indignation le danger qui menaçait Robarts, et avait pris les devants avec sa cavalerie pour venir au secours de son lieutenant.

Sougriva, en essayant de résister à la charge impétueuse des Anglais, avait perdu la moitié de sa troupe, et regagnait Holkar à grand'peine, car les Anglais ne lui laissaient aucun repos.

Cependant, à la vue des deux régiments d'Holkar disposés en ordre de bataille et paraissant les

attendre de pied ferme, l'élan de la cavalerie anglaise se ralentit.

A l'ordonnance et à la fermeté des cavaliers
d'Holkar, le colonel Barclay reconnut sans peine
que le commandement devait être entre les mains
d'un officier plus exercé ou plus habile que le
derniers des Raghouides. Aussi fit-il ses dispositions
pour déborder l'aile droite des Indous, tourner
leur centre et les prendre entre deux feux. Si son
projet réussissait, Holkar, coupé de Bhagavapour,
sa capitale et sa forteresse principale, serait mis
en déroute, et ce seul coup pouvait terminer la
guerre ; chose d'autant plus importante pour le
colonel Barclay, qu'on n'aurait pas le temps de
lui enlever le fruit de sa victoire, et de donner à
un autre la gloire d'une expédition si prompte et
si bien menée. De son côté, Corcoran réfléchissait
profondément. Il voyait sans peine que, excepté
lui et peut-être Sougriva, personne n'était en état
de commander les troupes d'Holkar. Le vieux
prince n'avait jamais été un grand guerrier, bien
qu'il fût brave. Il manquait de ce sang froid que
donne la nature ou l'habitude des batailles. De
plus, il était troublé par l'idée du danger où sa
fille allait retomber par son imprudence, à lui
Holkar ; enfin il avait la plus grande confiance
dans son ami Corcoran.

« Seigneur Holkar, dit le Breton, nous avons fait

une faute très-grave : vous en assiégeant cette
maudite pagode et ce coquin de Robarts (que le
ciel confonde), et moi en vous laissant faire.

— Ne vous excusez pas, répondit Holkar ; c'est
moi qui suis un vieux fou de risquer la liberté de
ma fille et mon trône pour le plaisir de brûler
quarante ou cinquante Anglais.

— N'en parlons plus, interrompit le Breton ; ne
parlons jamais du passé, pensons à l'avenir. Rien
n'est perdu, si vos cavaliers veulent tenir ferme.
Vous, seigneur Holkar, prenez le commandement
de la droite. Vous aurez en face la cavalerie des
cipayes, parmi lesquels Sougriva a des amis qui
l'aideront peut-être au moment décisif. Je garde
pour moi la gauche, où je vois que le colonel Barclay veut porter tout son effort, car c'est là qu'il
a réuni le régiment européen.... Vous, ne vous
laissez jamais entourer, et allez hardiment.... Si
vous êtes tourné, ne vous effrayez pas, et ne
lâchez pas pied. Dans tous les cas, la retraite est
assurée.

— Et ma fille? dit le vieillard.

— Qu'elle monte sur son éléphant et qu'elle
fasse lentement sa retraite sur Bhagavapour sous
la garde de Sougriva. Il ne s'agit pas pour nous
de gagner une bataille sur la cavalerie anglaise,
mais de faire bonne contenance et de regagner
Bhagavapour sans désordre. Si nous tardions trop

longtemps, l'infanterie du colonel Barclay aurait
le temps d'arriver, et nous serions enveloppés et
taillés en pièces. Demain, avec toutes nos forces,
nous pourrons présenter la bataille à forces égales,
et, ce jour-là, je réponds de la victoire. Allons,
Holkar, quand on s'est mis dans le danger par sa
faute il faut en sortir par un coup de vigueur.
Sabre en main, corbleu ! et souvenez-vous que
votre aïeul Rama aurait avalé dix mille Anglais
comme un œuf à la coque. »

Puis, se tournant vers la belle Sita qui était déjà
montée sur son éléphant :

« Sita, dit Corcoran, je vous laisse Louison.
Aujourd'hui elle connaît ses devoirs et saura les
remplir comme il faut. Louison ! voici votre maîtresse.... Vous lui devez respect, amour, fidélité,
obéissance.... Si vous y manquez un seul jour,
notre amitié est rompue.... »

Mais l'éléphant de Sita ne voulait pas du voisinage de Louison. Il regardait de travers la tigresse et l'écartait avec sa trompe. Louison, qui
n'était pas patiente, pouvait à la fin s'irriter.
Corcoran jugea nécessaire de la calmer

« Ma chérie, dit-il, quand vos bonnes qualités
seront connues de tout le monde aussi bien que
de moi, Scindiah (c'était le nom de l'éléphant)
vous fera le meilleur accueil · mais il faut faire
connaissance

De son côté, Sita, qui avait beaucoup d'empire
sur son favori Scindiah, le força de contracter
alliance avec la tigresse, et même fit monter celle-
ci dans le palanquin. Louison se coucha aux pieds
de la princesse en se pelotonnant joyeusement et
mollement comme un chat angora. De temps en
temps, le gros Scindiah tournait sa tête énorme
pour regarder Sita, et paraissait jaloux de la faveur dont jouissait Louison.

C'est après avoir pris tous ces arrangements, et
forcé Sita de partir avec son escorte, que Corcoran, libre de tout soin, ne pensa plus qu'à couvrir la retraite, car il ne voulait pas livrer bataille ce jour-là.

Le temps pressait, les Anglais allaient charger.
Barclay, après avoir laissé respirer ses chevaux,
essoufflés d'une course trop précipitée, donna le
signal de l'attaque.

Le premier choc de la cavalerie anglaise fut si
impétueux, qu'elle traversa la première ligne de
Corcoran et se préparait à enfoncer la seconde ;
mais le Breton avait placé un escadron en embuscade derrière un pli de terrain. Dès que la cavalerie anglaise eut dépassé l'embuscade, Corcoran
la chargea en flanc avec cet escadron, et y jeta le
désordre. Les Indous, ralliés et ramenés au combat, repoussèrent à leur tour les Anglais. Corcoran donnait partout l'exemple, et ne s'épargnait

pas. De son côté, Barclay, étonné d'une résistance à laquelle il ne s'attendait pas, excitait ses soldats à bien faire.

Dans le fort de la mêlée les deux chefs se reconnurent.

« Monsieur Corcoran, dit Barclay, voilà comme vous cherchez le manuscrit des lois de Manou. Si je vous prends, vous serez fusillé, monsieur le savant !

— Colonel Barclay, si je vous prends, vous serez pendu !

— Pendu ! moi ! un gentleman ! s'écria Barclay furieux. Pendu ! »

Et il tira un coup de revolver sur Corcoran. Celui-ci fut légèrement blessé à l'épaule.

« Maladroit ! dit-il. Voici qui est plus sûr. »

Et il tira à son tour ; mais le colonel fit cabrer à propos son cheval, qui reçut la balle dans le poitrail, et, rendu fou de douleur, emporta son maître hors de la mêlée.

Les escadrons anglais firent lentement leur retraite. Ils étaient mollement poursuivis, Corcoran redoutant toujours l'arrivée de l'infanterie de Barclay.

Mais à l'autre extrémité du champ de bataille la fortune était moins favorable. La gauche des Anglais était défendue par le traître Rao, qui avait rejoint l'armée anglaise avec les déserteurs d'Holkar.

Holkar résista vaillamment, et même il serait venu à bout de Rao, lorsqu'un renfort inattendu fit pencher la balance contre les Indous.

Ce renfort n'était autre que la petite troupe de John Robarts, qui, voyant la retraite de Corcoran et d'Holkar, était sortie de la pagode, avait repris ses chevaux et, guidée par la fusillade, venait se jeter dans la mêlée.

Aussitôt les soldats d'Holkar commencèrent à reculer, lentement d'abord, puis en désordre, et à se pelotonner autour de l'éléphant de Sita, qui continuait sa route vers Bhagavapour. Là, le combat devint terrible. Les cipayes au service de la compagnie des Indes, conduits par John Robarts, montrèrent un grand acharnement. Les cavaliers d'Holkar, n'espérant presque plus atteindre Bhagavapour, combattaient avec fureur.

Enfin Holkar fut renversé de son cheval par un coup de sabre et tomba sous les pieds de Scindiah.

Sita poussa un cri de douleur.

Aussitôt le sage et grave Scindiah saisit délicatement avec sa trompe le pauvre Holkar et le déposa dans le palanquin à côté de sa fille. Puis, comprenant le danger que courait sa chère maîtresse, il opposa sa masse énorme au flot des fuyards et des assaillants. Autour de lui éclatait la fusillade; mais lui, impassible comme un dieu, écartait avec sa trompe les ennemis les plus

avancés, ou les foulait aux pieds, et recevait une
pluie de balles sans en être ébranlé.

D'un autre côté, la vue de Louison épouvantait
les plus braves. La cuirasse naturelle de Scindiah
et les griffes puissantes de la tigresse étaient pour
Holkar et Sita un formidable rempart.

Mais enfin ils allaient céder au nombre. Déjà le
brave Sougriva, commandant de l'escorte, renversé
sous son cheval mort, venait d'être fait prisonnier.
Holkar, grièvement blessé, ne pouvait plus donner
d'ordres; et les Indous commençaient à fuir, lorsque Corcoran, regardant autour de lui, courut au
secours de son aile droite en danger et surtout de
l'infortunée Sita.

Jusque-là il n'avait pensé qu'à faire sa retraite
en bon ordre; mais quand il vit Sita près de retomber aux mains de ses ravisseurs, il se sentit
transporté de fureur, et, rassemblant autour de
lui ses meilleurs cavaliers, il se précipita avec toute
sa troupe sur le malheureux Rao, rompit sa cavalerie et le mit dans une déroute complète. Il jeta
à terre d'un coup de pointe Rao lui-même, qui
tomba mourant sous les pieds des chevaux, et il
allait délivrer Sougriva, mais John Robarts et le
petit nombre d'Anglais qui le suivaient, tout en re-
culant devant la charge irrésistible de Corcoran,
se retirèrent assez fièrement et sans être entamés.

Dans leur retraite ils emmenaient Sougriva pri-

Corcoran perça d'un coup de pointe le traître Rao. (Page 224.)

15

sonnier les mains liées derrière le dos. A cette
vue, Corcoran se jeta avec quelques cavaliers sur
John Robarts et ses compagnons, et il commençait déjà à couper avec son sabre les liens de Sougriva; mais il fut bien étonné d'entendre celui-ci
lui dire à voix basse :

« Que faites-vous, capitaine?... Ne voyez-vous
pas que je vais chercher des renseignements?...
Vous me reverrez dans trois ou quatre jours, et
j'espère alors vous apprendre de bonnes nouvelles. »

En même temps, il jeta un regard de travers
sur John Robarts, qui revenait à toute bride pour
reprendre son prisonnier.

« Ma foi, pensa Corcoran, ce brave Indou fait la
guerre comme moi, en amateur, pourquoi l'en
empêcher? Et que m'importe que Robarts soit
pendu ou meure d'un coup de sabre dans la bataille? Il faudrait être casuiste pour en voir la
différence. »

Sur cette réflexion, il laissa aller Sougriva et
rejoignit le puissant Scindiah, qui s'avançait d'un
pas grave et majestueux, ne se hâtant pas plus
que s'il eût défilé à la parade.

Louison marchait à côté de lui, moins gravement, sans doute, car elle avait un caractère plus
capricieux et plus gai, mais gardant néanmoins sa
part de gloire, et fière d'avoir, elle aussi, contri-
bué au salut de l'empire.

Corcoran couvrait la retraite et commandait l'arrière-garde, qui fut d'ailleurs très-peu inquiétée. En se rapprochant de Bhagavapour, le colonel Barclay craignait un piége, et, de peur de s'engager dans quelque embuscade, il fit halte à une lieue de la ville.

Il avait d'ailleurs besoin d'infanterie et d'artillerie pour entamer un siége régulier. Ce n'est pas que la place fût très-forte. Ses remparts dataient du temps où les ancêtres d'Holkar, princes de la confédération des Mahrattes, tenaient tête à la cavalerie tartare de Tamerlan.

Depuis ce temps, on avait creusé des fossés plus profonds, réparé quelques brèches, garni de canons les vieilles tours et les murailles.

Enfin, telle qu'elle était, Holkar résolut de défendre la place contre les Anglais, et Corcoran, plein de confiance dans son génie et dans les paroles de Sougriva, osa promettre qu'il en ferait lever le siége. Sa première précaution fut de faire remonter la Nerbuddah à son propre brick, *le Fils de la Tempête*, et de le cacher dans un coude du fleuve afin d'en ôter la possession aux Anglais et de pouvoir à son gré passer sur l'une ou l'autre rive.

XVI

Comment le brave Bérar fut mécontent des caresses
du chat aux neuf queues.

Dès le lendemain du combat, le colonel Barclay,
rejoint par ses canons et son infanterie, essaya de
brusquer l'assaut, croyant n'avoir affaire qu'à un
rempart dont les pierres, renversées par l'artillerie, combleraient le fossé et laisseraient une brèche praticable.

Mais il avait compté sans la vigilance et l'habi-
leté de Corcoran. Celui-ci, dans un duel d'artillerie
qui dura environ deux heures, démonta une vingtaine de canons anglais et mit le feu aux caissons
de munitions. L'explosion fit périr deux ou trois
cents Anglais et cipayes, et Barclay vit bien qu'il
faudrait faire un siége régulier.

Il ouvrit donc la tranchée; mais les cipayes sont

des ouvriers médiocres, plus agiles que robustes. Les Européens, accablés par la chaleur du climat et déjà malades de la fièvre, faisaient peu de besogne. De plus, ils étaient découragés par les fréquentes sorties de Corcoran.

Celui-ci, grâce à son brick, dont le tirant d'eau était peu considérable, allait et venait à volonté, passant de l'une à l'autre rive de la Nerbuddah, employant ses douze matelots et son second à manœuvrer tantôt le brick et tantôt l'artillerie des remparts.

Grâce à ce puissant auxiliaire, il bravait impunément les Anglais, les harcelait avec un corps de cavalerie, ou bien descendait la Nerbuddah avec quelques compagnies d'infanterie portées sur des barques légères, et commençait à faire craindre au colonel Barclay d'être forcé de lever le siége de Bhagavapour, faute de vivres et de munitions.

Mais le courage et l'activité de Corcoran ne pouvaient l'emporter sur la discipline et la fermeté inébranlable des Anglais. Après un siége qui avait déjà duré quinze jours, le capitaine, mal secondé par ses soldats indous, ne pouvait plus douter du destin de Bhagavapour et d'Holkar. Déjà l'on commençait dans la ville à prévoir le dernier assaut et à désirer une capitulation. En l'absence de Corcoran, les soldats d'Holkar paraissaient prêts à se révolter et à livrer la ville au colonel Barclay.

Un soir enfin, les Anglais, ayant terminé leurs tranchées et mis en position leurs batteries, commencèrent à canonner si vivement la porte de la ville du côté de la rivière, que le mur s'écroula et qu'une large brèche livra passage aux assaillants. Holkar, encore souffrant de sa blessure, tint conseil avec Corcoran en présence de Sita.

« Mon ami, dit Holkar, tout est désespéré. La brèche a plus de quinze pas de long, et nous aurons un assaut cette nuit ou demain. Que faut-il faire?

— Ma foi, répondit Corcoran, je ne vois guère que trois partis à prendre : ou capituler.... »

Holkar fit un geste d'horreur.

« Très-bien ! continua le Breton.... Vous ne voulez être prisonnier des Anglais à aucun prix.... Et pourtant, seigneur Holkar, la Compagnie des Indes est composée de philanthropes qui seront heureux de vous faire une pension pour assurer la tranquillité de vos vieux jours : trois ou quatre mille francs de rente, par exemple....

— J'aimerais mieux mourir, dit Holkar.

— Vous avez raison, et ce premier parti ne vaut rien. Le second est de monter sur mon brick, *le Fils de la Tempête*, avec Sita, d'emporter vos diamants, votre or et tout ce que vous avez de plus précieux, de descendre la rivière pendant la nuit, de traverser la mer des Indes avant que les Anglais aient eu le temps d'y prendre garde, de passer en Égypte et de vous embarquer tout doucement à Alexandrie sur le bateau à vapeur *l'Oxus*, dont mon ami Antoine Kerhoël est capitaine, et qui fait la traversée d'Alexandrie à Marseille.

— Partez avec Sita, interrompit Holkar, capitaine, je vous confie ma fille, ce que j'ai de plus cher au monde.... Pour moi, je reste.... Le dernier des Rhagouides doit être enseveli sous les ruines de sa capitale. Je mourrai les armes à la main, comme Tippoo-Saëb, mais je ne fuirai pas.

— Allons donc! s'écria Corcoran, voilà ce que j'attendais! Restons ici, et faisons à ces coquins d'Anglais un tel accueil, qu'aucun d'eux ne puisse retourner à Londres pour le raconter aux badauds de son pays.... Mais pour n'avoir aucune inquiétude, il faut d'avance embarquer Sita sur mon brick. Ali l'accompagnera.... S'il arrive quelque malheur, elle sera du moins en sûreté.

— Capitaine, dit Sita d'une voix émue, croyez-vous que je veuille vivre sans mon père et.... »

Elle allait ajouter : Et sans vous; mais elle se reprit et ajouta : « Ou nous périrons, ou nous vaincrons ensemble.

— Parbleu! dit le capitaine, les Anglais n'ont qu'à se bien tenir. »

Comme il sortait pour se rendre sur la brèche, un cipaye parut, demandant à lui parler.

« Qui es-tu? demanda le Breton; quel est ton nom?

— Bérar.

— Qui t'envoie?

— Sougriva.

— La preuve?

— Voyez cet anneau.

— Et que dit Sougriva?

— Il vous envoie cette lettre. »

Corcoran ouvrit la lettre et lut :

« Seigneur capitaine, Bérar, l'ami qui vous portera cette lettre, est sûr; il déteste les Anglais autant que vous-même.... Demain matin à cinq heures, on donnera l'assaut. J'ai entendu la conversation du colonel Barclay et du lieutenant Robarts. Aucun des deux ne me croyait si près de lui.... Il est arrivé de grandes nouvelles du Bengale. La garnison cipaye de Meerut a pris les armes et tiré sur ses officiers européens. De là, elle est allée à Delhi, où elle a proclamé le dernier Grand Mogol. On a massacré cinq ou six cents Anglais.... Ce sont ces nouvelles qui ont décidé Barclay à tout risquer pour le succès de l'assaut. Le gouverneur de Bombay lui mande de finir à tout prix avec Holkar et de revenir. Si l'assaut de demain ne réussit pas, la retraite est décidée. De mon côté, je ne suis pas resté inactif. J'ai pris les

dépêches sur la table du colonel Barclay, et je les
ai fait lire à cinq ou six de mes amis cipayes, qui
ont répandu la nouvelle dans tout le camp. Vous
jugerez de l'effet. Je regrette de ne pas être avec
vous sur la brèche ; mais je vous serai plus utile
au camp. Ayez bonne espérance et attendez-vous
à tout.

« SOUGRIVA. »

Corcoran étonné regarda le messager.

« Et comment as-tu franchi les lignes anglaises ? »
demanda-t-il avec quelque défiance.

L'Indien lui répondit :

« Qu'importe, puisque me voilà ?

— Quelle raison as-tu d'abandonner les Anglais ?
Est-ce qu'ils te payent mal ?

— Très-bien, au contraire.

— Es-tu mal nourri ?

— Je me nourris moi-même, et j'achète ma pro-
vision de riz, pour qu'aucune main impure n'y
puisse toucher.

— Es-tu maltraité ? As-tu reçu quelque injure ? »

Le cipaye se découvrit les reins et montra d'af-
freuses cicatrices.

« Ah ! je comprends, dit Corcoran ; c'est l'égrati-
gnure du *chat aux neuf queues*. Tu as reçu le fouet ?

— Cinquante coups, répondit le cipaye. Je me
suis évanoui au vingt-cinquième, on a continué de

frapper, on m'a mis pour trois mois à l'hôpital et
j'en suis sorti il y a cinq semaines.

— Qui est-ce qui t'a fait donner le fouet? demanda encore le capitaine.

— C'est le lieutenant Robarts.... Mais celui-là,
je m'en charge. Sougriva et moi, nous ne le quittons pas d'une minute.

— Voilà un major bien gardé! pensa Corcoran.

« Et, ajouta-t-il tout haut, que fait Sougriva
dans le camp anglais? Il est donc libre?

— Sougriva, dit le cipaye, a glissé entre leurs
doigts. Quand on l'eut fait prisonnier, Robarts, qui
l'avait reconnu, voulut le faire pendre ; mais pendant qu'on assemblait le conseil de guerre, il a
parlé au factionnaire cipaye qui le gardait à vue.
L'autre l'a laissé échapper et a déserté avec lui.
Vous jugez de la colère du lieutenant. Il voulait
fusiller tout le monde; mais le colonel Barclay l'a
apaisé. Sougriva est revenu le soir même, déguisé
en fakir, et s'est fait reconnaître des cipayes; mais
aucun ne veut le livrer, et si les Anglais voulaient
le pendre, on se révolterait.

— Allons, tout va bien. » dit Corcoran, et, après
être rentré au palais et avoir donné ces bonnes
nouvelles à Holkar, il retourna sur le rempart.

Au même moment, il vit dans les ténèbres une
ombre se glisser au fond du fossé par la brèche :
c'était le cipaye Bérar qui rentrait au camp anglais.

Bérar fit un signe mystérieux au factionnaire ci-
vaye qui gardait la tranchée et passa tranquillement.

« Il faut avouer, pensa Corcoran, que le colonel
Barclay a de singuliers soldats, et qui gagnent
bien leur argent ! »

XVII

Destinée finale du lieutenant Robarts, du 21ᵉ
de hussards.

La nuit ne fut troublée par aucune alerte. De
part et d'autre, on se préparait à l'assaut du lendemain par un repos et un silence absolus. Les
sentinelles des deux partis étaient si voisines l'une
de l'autre qu'elles auraient pu facilement entrer
en conversation. En apparence, tout était tranquille

Mais dans la partie du camp anglais occupée
par les cipayes, on aurait pu entendre des mots
d'ordre échangés à voix basse, loin de l'oreille des
officiers européens. Sougriva se glissait sous les
tentes et portait partout ses ordres mystérieux.

Enfin le jour parut. Un coup de canon donna le
signal de l'assaut, et une première colonne de

soldats anglais servant d'avant-garde escalada la brèche, la baïonnette au bout du fusil.

Au même instant, une fusillade épouvantable les accueillit de front et sur les flancs; cinq ou six pièces de canons chargées à mitraille firent une large trouée dans leurs rangs; une rangée de bombes, caché au fond du fossé par les soins de Corcoran, éclata tout à coup sous leurs pieds. La moitié de la colonne fut détruite en un clin d'œil. Les autres redescendirent rapidement la brèche et rentrèrent dans la tranchée.

A ce spectacle, Corcoran, qui commandait le bataillon de brèche, ne put s'empêcher de rire, et les soldats d'Holkar, qui n'avaient fait presque aucune perte, se sentirent ranimés et pleins de courage.

Quant au capitaine, debout sur la brèche, tranquille et souriant comme s'il eût été au bal, il avait l'œil à tout, et, sans s'abuser sur la portée de ce premier succès, il attendait avec confiance la seconde attaque. A côté de lui, se tenait le vieil Holkar, plein d'enthousiasme. Derrière eux, Louison se promenait d'un air grave et joyeux, sans effrayer personne, grâce à l'exacte et sévère discipline que Corcoran lui avait imposée depuis longtemps. Bien plus, son intelligence, qui lui faisait deviner et prévenir tous les désirs de son maître, inspirait aux soldats d'Holkar un respect superstitieux.

Il y eut un quart d'heure d'attente.

« Auraient-ils déjà renoncé à l'assaut ? demanda Holkar.

— Non, répliqua Corcoran ; mais je suis inquiet de ce silence. Louison ! »

A cet appel, la tigresse tendit l'oreille comme pour mieux entendre l'ordre du capitaine.

« Louison, ma chère, dit Corcoran, il s'agit d'avoir des nouvelles. Qu'est-ce qui se passe là-bas dans la tranchée ?... Vous ne le savez pas ?... Eh bien, allez vous en informer.... Vous comprenez ... Vous allez entrer dans la tranchée, vous cueillerez délicatement entre vos deux mâchoires le premier Anglais venu, — un officier, si c'est possible, — et vous me l'apporterez délicatement. Surtout de la prudence, de la célérité et de la discrétion ! »

Tout ce discours avait été accompagné de gestes très-clairs, et Louison baissait la tête après chaque phrase pour marquer qu'elle avait compris. Elle partit comme une flèche, franchit la brèche d'un bond et tomba dans le fossé ; d'un autre bond elle s'élança sur le glacis, et en quelques secondes elle se trouva dans l'intérieur de la tranchée, où les Anglais, réunis et ralliés, se préparaient à un second assaut.

Le premier qui se trouva à la portée de Louison était un lieutenant du 25ᵉ de ligne, le brave James Stephens, de Cartridge-House, dans le comté de

Durham. D'un coup de patte elle le renversa. D'un coup de dent elle le saisit dans ses mâchoires et se mit à courir vers la brèche.

L'action de Louison avait été si prompte et si imprévue, que personne n'eut le temps de s'y opposer, et la tigresse franchit la brèche et déposa son gibier aux pieds de Corcoran en le regardant d'un air intelligent et doux qui signifiait :

« Eh bien, mon cher maître, n'ai-je pas bien fait mon devoir? »

Malheureusement, Louison, un peu pressée et craignant de laisser échapper sa proie, avait serré si fort la ceinture du malheureux gentleman, que ses dents avaient pénétré jusqu'aux poumons et que, au moment où le lieutenant James Stephens, de Cartridge-House fut déposé sur le sol, il était mort.

« Pauvre garçon! dit Corcoran. Louison, qui n'est pas forte en anatomie, n'a pas vu qu'elle le serrait trop fort.... Allons, c'est à recommencer . . Louison, ma chérie, vous avez commis une erreur grave. Vous avez traité cet Anglais comme un beefsteak cuit à point; il fallait le traiter comme un gentleman et l'apporter vivant.... Allons, re-partez, et tâchez d'être plus heureuse cette fois. »

La tigresse comprit parfaitement le reproche de Corcoran et repartit, la tête basse, honteuse de s'être si maladroitement trompée.

Le lieutenant James Stephens était mort. (Page 246.)

16

Cette fois, le gentleman qu'elle apporta était si délicatement saisi et si peu endommagé par ses dents et ses griffes, qu'elle l'aurait offert sans blessure à Corcoran, si les Anglais n'avaient eu la malheureuse idée de faire sur Louison une décharge générale. Une balle destinée à la tigresse entra à deux pouces de profondeur dans la cervelle du gentleman, ce qui mit fin à sa vie et à ses malheurs, s'il était infortuné, ce que j'ignore.

Après ce second essai, Corcoran vit bien qu'il était impossible d'avoir des renseignements précis sur les mouvements de l'ennemi; mais un grand bruit se fit bientôt entendre sur un autre point des remparts qui était mal gardé. Cent cinquante ou deux cents Anglais environ venaient d'escalader la muraille, et avaient pénétré dans la ville. Déjà les soldats d'Holkar fuyaient devant ce nouvel ennemi en jetant leurs armes.

« Seigneur Holkar, dit Corcoran, demeurez sur la brèche. Je vais au-devant de ceux-là. Vous, restez ici! si vous laissez forcer le passage, tout est perdu, nous n'avons plus qu'à périr. »

En même temps, il prit avec lui un bataillon parmi ceux qui gardaient la brèche, et marcha contre les Anglais qui avaient escaladé la muraille.

Sa première précaution fut de renverser les échelles dans le fossé pour empêcher qu'on ne vînt à leur secours. Puis il fit barricader une rue profonde dans laquelle ils étaient entrés, afin d'en faire un cul-de-sac infranchissable. Par bonheur la rue était fort étroite, et ce travail fut terminé en quelques secondes. Puis il commença à refouler l'ennemi de divers côtés dans cette rue, et amenant à son extrémité trois canons de campagne, il les fit charger à mitraille et somma les Anglais de se rendre.

Ceux-ci voulaient forcer le passage à la baïonnette. Aussitôt Corcoran fit tirer sur eux à mitraille. En un clin d'œil la rue fut remplie de morts et de blessés.

Pendant qu'on rechargeait les canons, Corcoran fit une seconde sommation. Cette fois, il fallut se rendre. Quatre-vingts Anglais restaient seuls debout sur deux cents qui avaient pénétré dans Bhagavapour.

Mais Corcoran n'eut pas le temps de jouir de son triomphe. Un grand tumulte de cris et de gémissements lui fit craindre quelque catastrophe. Il se hâta de retourner vers la brèche, et, sur son chemin, il rencontra deux ou trois cents fuyards.

« Halte! cria Corcoran d'une voix terrible. Où courez-vous ?

— Seigneur capitaine, dit un des fuyards, Holkar est blessé à mort. Les Anglais ont passé par-dessus la brèche! Sauve qui peut!

— Sauve qui peut! s'écria Corcoran. Misérable,

tourne ton visage à l'ennemi ou je te brûle la cervelle, à toi et à tous ces lâches coquins! »

A cette menace, le malheureux Indou retourna sur la brèche, ne se sentant pas le courage d'affronter la colère du Breton. Les autres suivirent son exemple, et, plus par excès de peur que par aucun autre sentiment, firent face à l'ennemi.

Au reste, la nouvelle n'était que trop vraie. Une colonne ennemie mêlée d'Anglais et de cipayes, avait recommencé l'assaut, et bien que le prince Holkar eût vaillamment combattu, le sort de la journée paraissait décidé. Déjà les vainqueurs entraient dans les maisons du faubourg et commençaient à piller.

Holkar, blessé quinze jours auparavant, avait reçu une balle dans la poitrine et se sentait près de mourir. Entouré d'un petit groupe de soldats fidèles, il était couché sur un tapis qu'on avait apporté en toute hâte. Un chirurgien indou étanchait le sang de sa blessure.

« Ah! mon ami, s'écria-t-il en apercevant Corcoran, Bhagavapour est pris. Sauvez ma chère Sita!

— Rien n'est perdu! dit Corcoran, et vous vivrez, et qui mieux est, vous vaincrez! Du courage, Holkar, et la journée est à nous! »

A ces mots, ralliant autour de lui les Indous, il referma la brèche, intercepta les communications entre le camp anglais et la colonne ennemie qui était entrée dans Bhagavapour, et lançant ses meilleures troupes à la poursuite de celle-ci, il garda la brèche lui-même en attendant les événements.

Son espérance ne fut pas trompée. Les Anglais se voyant si peu nombreux et enfermés dans la ville, eurent peur d'être faits prisonniers ; ils revinrent sur leurs pas, et forçant le passage à travers les rangs des Indous, qui ne leur opposèrent aucune résistance, ils reprirent leur poste dans la tranchée.

Mais au même moment, un événement inattendu décida la victoire en faveur de Corcoran.

On vit tout à coup s'élever une épaisse fumée au-dessus du camp, derrière les Anglais. Puis on entendit une fusillade terrible. Les cipayes, conduits par Sougriva, avaient mis le feu aux tentes, chargé le colonel Barclay par derrière, tiré sur leurs propres officiers, encloué les canons des batteries, mis le feu aux caissons et jeté tout le camp dans un terrible désordre.

A cette vue, Corcoran jugea le moment favorable. Il se mit à la tête de trois régiments d'Holkar et fit une sortie. A cheval, sans uniforme, habillé de blanc, suivant son habitude, il s'avançait le sabre en main pour charger l'ennemi.

Le colonel Barclay était un vieux soldat qu'on

Vers la fin du jour, Holkar mourut. (Page 256.)

pouvait surprendre, mais non pas ébranler. Sans s'étonner de la trahison des cipayes, il rassembla autour de lui les deux régiments européens, et commença sa retraite en bon ordre. Il commandait lui-même la cavalerie et couvrait l'arrière-garde. Sa haute et fière contenance inspirait aux Indous le respect et la crainte.

Corcoran eut peur de quelque retour de fortune et ne voulut pas pousser plus loin sa victoire. Il se contenta de le harceler pendant une demi-heure, et revint à Bhagavapour, en faisant observer ses mouvements par la cavalerie.

Holkar mourant l'attendait. Près du vieillard était assise la belle Sita, qui soutenait sur ses ge-noux la tête défaillante de son père.

« N'y a-t-il plus d'espoir, chère Sita ? » demanda à demi-voix le capitaine.

Holkar devina plutôt qu'il n'entendit la ques-tion.

« Non, mon cher ami, dit-il. Je vais mourir. Le dernier des Raghouides sera mort en combattant, comme tous ses aïeux, et je n'aurai pas vu l'en-nemi triomphant dans le palais d'Holkar. Mais ma fille , ma fille...

— Mon père, dit Sita, ne vous inquiétez pas de moi. Brahma veille sur toutes ses créatures !

— Mon ami, reprit le vieillard, je vous lègue Sita. Vous seul pouvez la défendre et la protéger.

Vous seul peut-être le voudrez. Soyez son mari, son protecteur et son père. Elle vous aime, je le sais, et vous... »

Corcoran ne put que serrer en silence la main du vieillard, mais ses yeux disaient assez à Sita qu'elle était aimée.

Holkar fit appeler les principaux officiers de l'armée.

« Voici mon successeur, dit-il, mon fils adoptif et l'époux de Sita. Je lui laisse mes États, et je vous ordonne de lui obéir comme à moi-même »

Tout le monde obéit sur-le-champ. En quelques jours, Corcoran, par son courage et sa générosité, s'était concilié tous les cœurs.

Vers la fin du jour, Holkar mourut après avoir fait célébrer le mariage de sa fille suivant les rites de Brahma. Corcoran fut aussitôt proclamé prince des Mahrattes, et dès le lendemain se mit à la poursuite des Anglais, en laissant à la fille d'Holkar le soin de rendre les derniers devoirs à son père.

Sur la route que suivait l'armée anglaise, on ne voyait que cadavres abandonnés sans sépulture. Les cipayes, embusqués dans les jungles, faisaient un feu de tirailleurs très-incommode et massacraient tous les traînards. Tout à coup, à un détour du chemin, Corcoran aperçut de loin un objet bizarre qui ressemblait à un pendu.

Fin tragique de John Bibarts, lieutenant des hussards
de la reine. (Page 255.)

En se rapprochant, il reconnut que le pendu portait un habit rouge et des épaulettes.

Plus près encore, il reconnut que le pendu était M. John Robarts, lieutenant des hussards de la reine Victoria.

Il se tourna vers Sougriva, qui était à cheval à côté de lui, et lui dit :

« Mon cher Sougriva, le destin t'enlève ta proie. John Robarts est pendu ! »

Sougriva sourit avec satisfaction.

« Savez-vous, dit-il, qui est-ce qui l'a pendu?

— Toi, peut-être?

— Oui, seigneur capitaine.

— Hum! dit Corcoran. C'était bien assez de le tuer. Tu es un peu trop vindicatif, mon cher ami.

— Ah! dit l'Indou, si j'avais eu le temps de prolonger son supplice ! mais nous étions pressés, Bérar et moi. Nous l'avions suivi pas à pas jusqu'ici pendant toute la nuit dernière. Nous étions cinq. Bérar a tué son cheval d'un coup de fusil. Robarts est tombé par terre ; nous l'avons ramassé sans peine ; il avait la jambe cassée. Il a tiré un coup de revolver qui n'a tué personne, mais qui a blessé l'un de nos camarades. Nous lui avons lié les mains derrière le dos, et Bérar, lui ôtant son habit, lui a appliqué cinquante coups de fouet, juste le même nombre qu'il avait reçu lui-même par ordre de ce gentleman.

— Diable ! dit Corcoran, vous avez de la mémoire. Et qu'a dit le gentleman, comme tu l'ap-
pelles ?

— Rien. Il roulait des yeux féroces. On aurait
dit qu'il voulait nous dévorer tous ; mais il n'a
pas ouvert la bouche.

— Et, après cela, qu'en avez-vous fait?

— Quand Bérar l'eut fouetté, c'était mon tour
de le pendre. Je lui passai, avec l'aide de mes
amis, la corde autour du cou, et je l'ai pendu en
coupant la corde trois ou quatre fois, afin qu'il se
sentît mourir. Enfin il est mort, et je suis retourné
à Bhagavapour.

— Ma foi, dit Corcoran qui était un philosophe,
il a été écrit que « celui qui se sert de l'épée pé-
rira par l'épée. » Je plains ce pauvre Robarts,
mais c'était un mauvais caractère, et il n'a pas
tenu à lui que je n'eusse une balle dans la cervelle. Qu'on l'enterre convenablement, et n'en
parlons plus. »

XVIII.

Comment le dividende de la Compagnie des Indes
se trouva réduit à rien par l'industrie de Corcoran, ce qui fit gémir plusieurs gros actionnaires.

Cependant le colonel Barclay, quoique vivement
pressé par les Mahrattes victorieux, ne voulait
pas que sa retraite se changeât en déroute. Il re-
culait lentement, faisant toujours face à l'ennemi,
et trouva enfin un asile dans une forteresse qui
appartenait à son ami Rao et qui dominait en
partie le cours de la Nerbuddah. Sa petite armée
était maintenant réduite à trois régiments européens, car les cipayes avaient pris la fuite ou
s'étaient déclarés pour le capitaine Corcoran. La
Nerbuddah, faisant un coude comme la Seine entre le pont de la Concorde et Saint-Denis, entou-
rait de deux côtés la forteresse qui était située sur
une éminence et défendue par une nombreuse artillerie.

Au moment où le capitaine Corcoran venait de reconnaître les abords de la forteresse et allait faire ouvrir la tranchée, un officier anglais se présenta en parlementaire.

Sougriva, toujours avide de vengeance, demandait qu'on fît feu sur lui et qu'on n'accordât aucun quartier à l'ennemi ; mais Corcoran se fit amener l'Anglais.

Celui-ci se présenta d'un air rogue. C'était le fameux capitaine Bangor qui s'était signalé dans la guerre contre les Sikhs, et qui avait fusillé de sang-froid, après la victoire, tous ses prisonniers. En récompense de ce glorieux exploit, la Compagnie des Indes lui avait donné de l'avancement et une somme de vingt mille roupies (environ quatre-vingt mille francs).

Corcoran le reçut avec sa politesse habituelle.

« Monsieur, dit l'Anglais, le colonel Barclay m'envoie vous offrir la paix.

— Fort bien, répliqua Corcoran. La paix est une belle chose, surtout si les conditions sont bonnes.

— Monsieur, elles sont fort au-dessus de ce qui vous pouviez espérer, » dit Bangor.

Ce début fit sourire le Breton.

« Le colonel Barclay, continua Bangor, vous offre la vie et la liberté, pour vous et vos compagnons européens (si vous en avez) ; il ne s'oppose

Celui-ci se présenta d'un air rogue. (Page 256.)

même pas à ce que vous emportiez vos bagages et
une somme d'argent qui ne pourra pas dépasser
cent mille roupies....

— Ah ! ah ! dit Corcoran, le colonel est bien
bon, et je vois qu'il a songé au solide. Voyons la
conclusion.

— La conclusion, dit Bangor, c'est qu'on voudra
bien oublier la violation du droit des gens que
vous avez commise en faisant la guerre à la Compagnie des Indes, vous, citoyen d'une nation neu-
tre et amie, et que vous livrerez en vous retirant,
les clefs de Bhagavapour aux troupes anglaises.

— Est-ce tout ? demanda Corcoran.

— J'oubliais l'une des conditions principales,
répliqua l'Anglais. Le colonel Barclay exige que
vous remettiez entre ses mains la tigresse appri-
voisée que vous menez partout avec vous, et qui
est destinée (après qu'on l'aura empaillée convenablement) à faire l'ornement du British-Museum. »

A ces mots Corcoran se tourna vers Louison
qui écoutait la conversation en silence :

« Louison, dit-il, ma chérie, entends-tu ce Goddam ? Il veut te faire empailler. »

Au mot « empailler » Louison poussa un rugissement qui fit frémir Bangor jusque dans la moelle
des os.

« Apparemment, ajouta Corcoran, vous voulez
la faire fusiller d'abord ? »

L'Anglais n'eut que la force de faire un signe affirmatif. Le mot « fusiller » fit bondir Louison comme si elle avait reçu trois balles dans le cœur. Elle regarda Bangor avec de tels yeux qu'il désespéra de manger jamais du bifteck, et qu'il craignit de devenir bifteck lui-même.

« Monsieur, dit-il d'un air troublé, souvenez-vous de ma qualité de parlementaire. Le droit des gens...

— Le droit des gens, répliqua Corcoran, n'est pas le droit des tigres, et Louison, si vous l'agacez encore avec votre British-Museum et votre manie d'empailler, mettra dans trois minutes votre squelette au Tigrish-Museum.

— L'Angleterre vengerait ma mort, dit Bangor avec hauteur, et lord Palmerston....

— Bah ! bah ! Louison se soucie de Palmerston comme d'une noix vide. Mais pour revenir à votre affaire, retournez vers le colonel Barclay, dites-lui que je connais sa situation, que toute bravade est inutile, qu'il n'a de vivres que pour huit jours, que ses trois régiments européens sont réduits, je le sais, à dix-sept cents hommes, que mon brick *le Fils de la tempête*, armé de vingt-six gros canons lui ferme la Nerbuddah, que vous êtes hors d'état de vous faire jour dans nos rangs, que s'il tarde, il sera forcé de se rendre à discrétion et qu'alors je ne réponds de la vie d'aucun de mes prisonniers...

— Monsieur, dit Bangor d'un air confidentiel, je suis autorisé à vous offrir jusqu'à un million de roupies si vous voulez partir avec la fille d'Holkar et abandonner les Mahrattes à leur sort.

— Et vous, dit Corcoran, si vous persistez une minute de plus à me proposer une trahison, je vous fais empaler net. Portez mes compliments au colonel Barclay, et dites lui que je l'attends dans une heure au bord de la rivière pour traiter avec lui. Passé ce temps, je ne le recevrai plus qu'à discrétion. »

Il fallut se contenter de cette offre et partir.

Barclay, qui n'avait fait des propositions si insolentes que pour cacher sa détresse, s'adoucit lorsqu'il vit que Corcoran était instruit de tout. Il accepta l'entrevue demandée et marcha au-devant du vainqueur, à cent pas de la forteresse.

« Colonel, lui dit le Breton en lui tendant la main, vous avez eu tort de vous brouiller avec moi, vous le voyez; mais il n'est jamais trop tard pour réparer sa faute.

— Ah! vous acceptez mes conditions! répliqua joyeusement Barclay. J'en étais sûr. Au fond, que pouvez-vous espérer de cette canaille qui vous plantera là au premier échec? Un million de roupies, d'ailleurs, c'est une forte somme et qu'on ne trouve pas sous tous les pavés. Voilà votre fortune faite, et même, si vous voulez, je pourrai vous

indiquer un bon placement chez White, Brown and
Co, à Calcutta. C'est une maison sûre qui a gagné
vingt millions dans les cotons et qui vous donnera
quinze pour cent de votre argent. C'est là que je
compte mettre ma part de butin après la prise de
Bhagavapour.

— Ah! c'est là, dit Corcoran en riant, que vous
comptez...? Eh bien, mon cher colonel, il faudra
compter deux fois. En deux mots, je vous offre
tout juste ce que vous m'avez offert, c'est-à-dire
la permission de vous retirer avec armes et bagages. De plus, vous reconnaîtrez l'indépendance
du royaume d'Holkar et vous vivrez en paix avec
le nouveau roi son successeur.

— Holkar est mort! s'écria Barclay étonné.

— Sans doute. Ne le saviez-vous pas?

— Et quel est son successeur?

— Moi-même, colonel. C'est moi qu'on appelle
depuis hier Corcoran-Sahib, ou, si vous aimez
mieux, le seigneur Corcoran. Mon avancement est
rapide, n'est-ce pas? Et quand j'ai quitté Marseille
avec Louison, il y a cinq mois, je ne me doutais
guère que j'allais devenir roi des Mahrattes ; mais
enfin c'est la volonté divine que je fasse le bonheur de mes semblables et que je porte la couronne, et je vais tout comme un autre prendre la
célèbre devise : « Dieu et mon droit. »

— Parlons à cœur ouvert, dit Barclay. Vous êtes

français; vous devez connaître l'Angleterre et sa puissance. Vous ne pensez pas sans doute, comme la plupart de ces moricauds, que Brahma et Vichnou vont descendre de l'Empyrée pour jeter les Anglais à la mer. Vous savez parfaitement que derrière les dix-sept cents soldats européens qui me restent se trouve la toute-puissante Compagnie des Indes, dont le siége est à Londres, et qui peut envoyer à Calcutta, cent, deux cent, trois cent, six cent mille hommes, si cela devient nécessaire. Quel que soit votre courage (et je reconnais que nous ne pourrions jamais rencontrer un plus intrépide adversaire), vous êtes donc sûr de périr. Eh bien, ne périssez pas. Soyez roi, si c'est votre envie. Régnez, gouvernez, administrez, légiférez; nous ne vous ferons aucun mal. Bien plus, nous vous aiderons; j'en prends l'engagement au nom de la Compagnie. Vos ennemis seront les nôtres, et nos soldats seront à votre service.

— Grand merci, répondit Corcoran. Je ne crains personne, et vos soldats ne me serviraient à rien

— Réfléchissez !... On a toujours besoin de quelqu'un, et surtout de la Compagnie des Indes. »

Corcoran garda le silence pendant quelques instants.

« Et à quel prix, dit-il enfin, m'offrez-vous votre alliance? Car, vous ne faites rien pour rien.

— Je n'y mets que deux conditions, dit l'Anglais.

L'une est que vous payerez vingt millions de roupies par an à....

— Mon ami, interrompit Corcoran, vous avez un grand défaut. Vous ne parlez jamais que d'argent. J'ai connu à Saint-Malo un huissier qui vous ressemblait comme une goutte d'eau à une autre. Il était long, maigre, sec, triste, dur, et il ne parlait aux gens que pour vider leur porte-monnaie.

— Monsieur, répliqua Barclay d'un air digne et offensé, l'huissier dont vous parlez n'avait pas derrière lui toute l'Angleterre.

— Parbleu! si toute l'Angleterre se tient derrière vous, toute la France se tenait derrière lui, et surtout la gendarmerie qui était comme son auréole. Je l'ai entendu quelquefois au tribunal crier: « Silence! » d'une voix si forte et si imposante, que vous l'auriez pris au premier coup d'œil pour l'empereur Charlemagne....

— Monsieur, dit Barclay impatienté, laissons là s'il vous plaît vos histoires de Saint-Malo, l'empereur Charlemagne et les huissiers. Voulez-vous, oui ou non, payer à la Compagnie un tribut annuel de vingt millions de roupies?

— Si je les paye, répliqua Corcoran, qui me les remboursera? Mes économies (non compris mon brick) tiendraient dans le creux de ma main.

— Qui vous parle de vos économies présentes?

Doublez, triplez l'impôt, c'est votre peuple qui payera.

— Et s'il se révolte ? S'il refuse de payer ?

— Eh bien ! nous viendrons à votre secours.

— Cela mérite réflexion, » dit Corcoran.

Au fond, ses réflexions étaient déjà faites, ou plutôt il n'avait pas eu besoin d'en faire, mais il voulait voir le fond du sac de l'Anglais.

« Quelle est la seconde condition ? » continua-t-il.

Le colonel parut d'abord hésiter un peu ; puis d'un air dégagé :

« Écoutez, cher monsieur. J'ai confiance en vous, oui, pleine confiance, je vous jure, et s'il ne tenait qu'à moi...... Mais enfin, la Compagnie voudra qu'on lui donne des garanties. Par exemple, un officier anglais qui résiderait près de vous, qui serait votre ami, qui....

— Qui surveillerait toutes mes actions, et qui en rendrait compte au gouverneur général, n'est-ce pas ? dit Corcoran avec un sourire. Cet ami guetterait le moment de me tordre le cou ; comme vous l'avez fait pour Holkar. Vous appelez cela un ami ; moi je l'appelle un espion....

— Monsieur ! s'écria Barclay.

— Ne vous fâchez pas. Je suis un vrai marin, moi, et un homme mal élevé : j'appelle les choses par leur nom.... En deux mots comme en cent, je ne veux rien de vous. Je garde mes roupies gardez votre espion..., je veux dire votre ami.

— Monsieur, dit Barclay, il est encore temps de traiter. Un premier succès vous éblouit; mais vous n'espérez pas sans doute résister seul à toute l'Angleterre. Faites votre paix, croyez-moi. »

Il parlait encore lorsque les cavaliers d'Holkar amenèrent un courrier intercepté qui portait une dépêche au camp anglais. Corcoran rompit le cachet et lut tout haut ce qui suit :

« *Lord Henry Braddock, gouverneur général
de l'Hindoustan, au colonel Barclay.*

« Le colonel Barclay est averti que la révolte des cipayes vient de gagner le royaume d'Oude. Lucknow a proclamé le fils du dernier roi, un enfant de dix ans. Sa mère est régente. Sir Henry Lawrence est assiégé dans la forteresse. « Presque « toute la vallée du Gange est en feu. Il faut faire « la paix avec Holkar, n'importe à quel prix, et « rejoindre sir Henry Lawrence. Plus tard, on ré- « glera les vieux comptes.

« Signé : Lord HENRY BRADDOCK. »

Barclay était consterné. Il tendit la main pour rendre la dépêche.

« Prenez, dit Corcoran. Vous connaissez, sans

doute mieux que moi la signature de lord Henry Braddock. »

Le colonel regarda longtemps le papier. Il était moins touché de son propre danger que de celui de ses compatriotes. Il voyait l'empire anglais dans l'Inde s'écrouler en quelques jours sous les efforts des cipayes, et il était désespéré de n'y pouvoir pas porter remède. Enfin, après un long silence, il se tourna vers Corcoran et lui dit :

« Je n'ai plus rien à cacher. La paix est faite si vous le voulez. Je ne vous demande que de ne pas troubler notre retraite.

— Accordé.

— Quant aux frais de la guerre....

— Vous les payerez, interrompit brusquement Corcoran. Je sais bien qu'il est dur de dépenser son argent quand on a cru prendre celui du prochain ; mais vous en serez quittes pour réduire le dividende des actionnaires de la très-haute, très-puissante et très-glorieuse Compagnie des Indes ; ou, s'il vous est trop pénible de diminuer le dividende, vous distribuerez une portion du capital. C'est un usage très-connu de plusieurs des plus illustres Compagnies de France et d'Angleterre

— Vous êtes le plus fort, dit Barclay. Que votre volonté se fasse et non la mienne. Faut-il ajouter au traité que la Compagnie des Indes reconnaît le successeur d'Holkar ?

— Comme il vous plaira; mais je ne m'en soucie
guère. Si je suis le plus fort, je sais bien que les
Anglais seront mes amis jusqu'à la mort; et si la
fortune change, ils essayeront de me pendre pour
se venger de la frayeur que je leur cause. Laissons donc de côté les mensonges diplomatiques
et vivons en bons voisins si nous pouvons.

— Par le ciel! s'écria l'Anglais, vous avez raison; vous êtes le plus loyal et le plus sensé gentleman que j'aie jamais connu; et je suis fier, oui,
en vérité, je suis fier et heureux de vous serrer
la main. Adieu donc, seigneur Corcoran, puisqu'à
présent vous êtes roi légitime, et au revoir.

— Que Dieu vous conduise, colonel, dit le Malouin, et ne revenez jamais, si ce n'est en ami.
Louison, ma chérie, donne la patte au colonel. »

Dès le soir même, le traité fut rédigé et signé.
Le lendemain, les Anglais se mirent en marche
vers l'Oude, suivis jusqu'à la frontière par la cavalerie de Corcoran.

XIX

Conversation philosophique et intéressante sur les
devoirs de la royauté chez les Mahrattes. Orai-
son funèbre d'Holkar.

Quinze jours après le départ des Anglais, Corcoran était rentré dans sa capitale. Il jouissait
paisiblement avec la belle Sita des fruits de sa
prudence et de son courage. Toute l'armée d'Holkar s'était empressée de le reconnaître comme
souverain légitime, et les zémindars (gouverneurs
de district) obéissaient sans répugnance appa-
rente au gendre et au successeur du dernier des
Raghouides.

« Or çà, dit-il un matin au brahmine Sougriva
dont il avait fait son premier ministre, ce n'est
pas tout de régner ; il faut encore que mon règne
serve à quelque chose, car enfin les rois n'ont pas
été mis sur terre uniquement pour déjeuner,

dîner, souper, et prendre du bon temps. Qu'en
dis-tu, Sougriva?

— Seigneur, répondit Sougriva, ce n'était pas
d'abord le dessein de Brahma et de Wichnou,
lorsqu'ils créèrent les rois.

— Mais d'abord, crois-tu que la royauté vienne
en droite ligne de ces deux puissantes divini-
tés?

— Seigneur, répliqua le brahmine, rien n'est
plus probable. Brahma qui a créé tous les êtres,
les lions, les chacals, les crapauds, les singes, les
crocodiles, les moustiques, les vipères, les boas
constrictors, les chameaux à deux bosses, la peste
noire et le choléra morbus, n'a pas dû oublier les
rois sur sa liste.

— Il me semble, Sougriva, que tu n'es pas trop
respectueux pour cette noble et glorieuse partie
de l'espèce humaine.

— Seigneur, répliqua le brahmine qui éleva ses
mains en forme de coupe, ne m'avez-vous pas
fait promettre de dire la vérité?

— C'est juste.

— Si vous préférez que je mente, rien n'est plus
aisé.

— Non, non, il n'est pas nécessaire. Mais tu
m'accorderas bien au moins que tous les rois ne
sont pas aussi désagréables et aussi nuisibles que
la peste et le choléra. Holkar, par exemple.... »

Triomphe de Corcoran. (Page 269.)

Ici Sougriva se mit à rire en silence à la manière des Indous et montra deux rangées de dents blanches.

« Voyons, continua Corcoran, que peux-tu reprocher à celui-là? N'était-il pas de noble race! Sita m'assure qu'il est le propre descendant de Rama fils de Daçaratha et le plus intrépide des hommes.

— Assurément.

— N'était-il pas brave?

— Oui, comme le premier soldat venu.

— N'était-il pas généreux?

— Oui, avec ceux qui le flattaient; mais la moitié de son peuple aurait crevé de faim devant la porte du palais sans qu'il fît autre chose pour ces pauvres diables que leur dire : « Dieu vous assiste! »

— Au moins tu m'avoueras qu'il était juste.

— Oui, quand il n'avait aucun intérêt à prendre le bien d'autrui. Moi qui vous parle, je l'ai vu couper des têtes après dîner pour son plaisir et pour la digestion.

— C'étaient sans doute des têtes de coquins qui l'avaient bien mérité.

— Probablement, à moins que ce ne fussent d'honnêtes gens dont le visage lui déplaisait. Et, tenez, voulez-vous connaître à fond le vieil Holkar? quel trésor vous a-t-il laissé en mourant?

18

— Quatre-vingt millions de roupies¹, outre les diamants et les pierreries.

— Eh bien, de bonne foi, croyez-vous qu'un roi qui se respecte doive être si riche?

— Peut-être était-il économe, dit Corcoran.

— Économe, vous le connaissez bien! reprit amèrement Sougriva. Il a pendant quarante ans dépensé des milliards de roupies pour satisfaire les plus sottes fantaisies qui puissent venir à l'esprit d'un sectateur de Brahma; il bâtissait des palais par douzaines, — palais d'été, palais d'hiver, palais de toute saison; il détournait des rivières pour avoir des jets d'eau dans son parc; il achetait les plus beaux diamants de l'Inde pour en orner la poignée de son sabre, et il avait des sabres par centaines; il faisait venir des esclaves des cinq parties du monde; il nourrissait des milliers de bouffons et de parasites, et il faisait empaler quiconque avait essayé de lui dire la vérité.

— Mais enfin où prenait-il l'argent?

— Où il est, c'est-à-dire dans les poches des pauvres gens, et de temps en temps il faisait couper la tête à un zémindar pour s'emparer de sa succession. C'est même la seule chose populaire qu'il ait jamais faite, car le peuple qui hait les

---

1. Trois cent vingt millions de francs.

zémindars plus que la mort, était vengé de sa servitude par leur supplice.

— Comment! dit Corcoran, cet Holkar que je prenais à cause de sa barbe blanche et de son air vénérable et doux pour un vertueux patriarche digne contemporain de Rama et de Daçaratha, c'était le scélérat que tu dis? à qui se fier, grand Dieu!

— A personne, répondit sentencieusement le brahmine, car il n'est pas un homme sur cent qui ne soit prêt à commettre des crimes dès qu'il aura le pouvoir absolu. On n'y arrive pas dès le premier jour, ni même dès le second ou le troisième, mais on glisse sur la pente, insensiblement. Connaissez-vous l'histoire du fameux Aurengzeb?

— Probablement, mais dis toujours.

— Eh bien, c'était le quatrième fils du Grand Mogol qui régnait à Delhi. Comme il était d'une piété, d'une vertu et d'une sagesse à toute épreuve, son père l'associa de son vivant à l'empire et le nomma d'avance son successeur. Dès qu'Aurengzeb en fut là, sa piété fondit comme le plomb dans le feu, sa vertu se rouilla comme le fer dans l'eau, et sa sagesse s'enfuit comme une gazelle poursuivie par les chasseurs. Son premier acte fut d'enfermer son père dans une prison; le second, de couper la tête à ses frères; le troisième, d'empaler leurs amis et leurs partisans; puis comme

son père quoique prisonnier le gênait encore, il
l'empoisonna ; et ne croyez pas que Brahma ou
Wichnou l'aient jamais foudroyé ou qu'ils aient
même contrarié ses desseins ! Brahma et Wichnou
qui l'attendaient sans doute ailleurs, l'ont comblé
de richesses, de victoires et de prospérités de
toute espèce ; il est mort à l'âge de quatre-vingt
huit ans, honoré comme un Dieu, et sans avoir
eu même une seule fois la colique.

— Parbleu! dit Corcoran, il faut avouer que si
tous les princes de ton pays ressemblent au pauvre Holkar et à l'illustre Aurengzeb, vous avez bien
tort de les regretter et de combattre les Anglais
qui vous en débarrassent.

— Je ne suis pas de votre avis, répliqua Sougriva, car les Anglais mentent, trompent, tra-
hissent, oppriment, pillent et tuent aussi bien
que nos propres princes, et il n'y a aucune chance
de leur échapper. Supposez que le colonel Barclay
succède à Holkar, il sera dix fois plus insupportable, car d'abord, il prendra notre argent
comme faisait le défunt, et de plus, nous n'avons
aucun profit à l'assassiner. S'il était tué, on nous
enverrait de Calcutta un second Barclay aussi fé-
roce et aussi affamé que le premier. Holkar au
contraire avait toujours peur d'être égorgé, et
cette peur lui donnait quelquefois du bon sens et
de la modération. Enfin il savait qu'un brahmine

de haute caste comme moi est d'une naissance
égale à celle des rois et il se gardait bien de nous
insulter, tandis que l'Anglais brutal (je l'ai vu a
Bénarès) nous donne des coups de fouet pour se
faire place dans la foule, et entre tout botté sans
crainte de la souiller, dans la sainte pagode de
Jaggernaut, où le héros Rama lui-même ne serait
pas entré sans avoir subi les sept pénitences et les
soixante-dix purifications. »

Pendant ce discours Corcoran réfléchissait profondément.

« J'aurais mieux fait, pensa-t-il, d'épouser Sita
et de chercher sans retard le fameux Gouroukamta
que d'accepter ainsi sans réflexion l'héritage d'Holkar; mais enfin, le vin est tiré, il faut le boire. Il
faudrait que je fusse bien malheureux pour n'être
pas plus honnête homme que mon prédécesseur
ou que le glorieux Aurengzeb. D'ailleurs, j'ai cru
deviner, quand Barclay m'a quitté, que ce rancu-
neux Anglais, qui m'en veut de l'avoir mis à la
porte de Bhagavapour, voudra tôt ou tard prendre
sa revanche et reviendra avec une armée. Il faut
être beau joueur et l'attendre de pied ferme. Qui
vivra, verra. »

Puis se retournant vers Sougriva :

« Mon ami, dit-il, Louison et moi, nous ne sommes pas de ces gens qu'un rien effraye, et si outre
le royaume d'Holkar, on nous offrait la Chine,

l'Indo-Chine, la presqu'île de Malacca et tout l'Afghanistan à gouverner, nous n'en serions pas plus embarrassés. Je te montrerai dès demain que le métier de roi n'est pas difficile.

— Seigneur, s'écria Sougriva en réunissant ses mains en coupe au-dessus de sa tête, seigneur Corcoran, héros à la grande science, au visage clair et brillant, aux yeux plus beaux que la fleur du lotus bleu, que Brahma vous donne le bonheur d'Aurengzeb et la sagesse des Daçarathides ! »

XX

Suite du précédent.

Deux jours plus tard on afficha dans les rues de Bhagavapour et dans toutes les villes du royaume la proclamation suivante :

« Le roi Corcoran à la noble, puissante et invincible nation Mahratte.

« Il a plu à l'être éternel, immortel, incorruptible et juste de faire rentrer dans son sein le glorieux Holkar après qu'il eut chassé devant lui ces barbares roux qui étaient venus d'Angleterre pour tuer les fidèles sectateurs de Brahma, emporter leurs trésors et emmener leurs femmes et leurs enfants en esclavage.

« Il a plu également au glorieux Holkar de

m'adopter pour son fils et de me donner pour
femme sa propre fille, ma bien-aimée Sita, la dernière descendante du noble Rama, le héros invincible, vainqueur de Ravana et des démons nocti-
vagues.

« Mon dessein est de me rendre digne de cet honneur en gouvernant le royaume suivant la loi sacrée des Védas et les conseils des sages brahmines,
de ne laisser aucun crime impuni, de protéger le
faible, de mettre ma main sur la tête de la veuve
et sur l'orphelin. »

Après ce préambule, Corcoran appelait d'abord
tous les zémindars à Bhagavapour ; de plus, il invi-
tait tous les Mahrattes à élire trois cents députés
(un par cinquante mille habitants) qui seraient
chargés de faire des lois, d'examiner les dépenses
publiques, de signaler tous les abus et d'indiquer
le remède. Corcoran-Sahib (le seigneur Corcoran)
ne se chargeait que de l'exécution des lois. Tout
homme âgé de vingt ans était électeur et éligible.

Ce dernier article déplut à Sougriva.

« Quoi ! dit-il. Est-ce qu'un paria impur pourra
siéger à côté d'un brahmine !

— Pourquoi non ?

— Mais s'il me touche, il faudra me purifier dans
les eaux sacrées de la Nerbuddah.

— Eh bien, tu prendras un bain. On n'en saurait jamais trop prendre.

Proclamation de Corcoran. (Page 279.)

— Mais....

— Aimerais-tu mieux être touché par un Anglais ? »

Sougriva fit un geste de répugnance et d'horreur.

« Tu n'as que le choix entre ces deux souillures,
dit Corcoran.

— Seigneur, reprit Sougriva, croyez-moi, n'in-
sistez pas. Vous vous en trouverez mal. On vous
quittera aussi vite qu'on vous a pris et le colonel
Barclay reviendra et prendra votre place

— Mon ami, dit le Breton, je ne suis pas un roi
légitime, moi. Mon père n'était fils ni de Raghou
ni du grand Mogol. Il était pêcheur de Saint-Malo.
A la vérité, il était plus fort, plus brave et meilleur
que tous les rois que j'ai connus ou dont l'histoire
a parlé, et il était citoyen français, ce qui est à mes
yeux supérieur à tout ; mais enfin ce n'était qu'un
homme. Aussi avait-il les sentiments d'un homme,
c'est-à-dire qu'il aimait ses semblables, et qu'il n'a
jamais commis une action méchante ou basse. C'est
le seul héritage que j'aie reçu de lui, et je veux le
garder jusqu'à la mort. Le hasard m'a permis de
donner à Holkar et à vous tous un fort coup de
main pour battre les Anglais — ce qui était peut-
être ma vocation naturelle ; le même hasard m'a
donné pour femme ma chère Sita, la plus belle et
la meilleure des filles des hommes, ce qui fait de

moi depuis quinze jours un puissant monarque. Mais malgré l'exemple du fameux Aurengzeb que tu me citais hier, ma royauté de fraîche date ne m'a pas tourné la cervelle. J'ai tout autant de plai sir à courir le monde sur mon brick, ne connais sant d'autre maître que moi-même, qu'à gouverner tout l'empire des Mahrattes. Si je consens à tenir le sceptre, c'est à condition de rendre justice aux parias comme aux brahmines et aux paysans comme aux zémindars. Si l'on veut m'en empê- cher je déposerai ma couronne dans un coin et je partirai emmenant Sita que j'aime plus que le so- leil, la lune et les étoiles. Après cela, vous vous arrangerez avec Barclay comme vous pourrez. Qu'il vous ruine et vous empale, c'est votre affaire. J'aime les hommes jusqu'à me dévouer pour eux, mais non pas malgré eux.

— Plus je vous entends, dit Sougriva, plus je crois que vous êtes la onzième incarnation de Wich- nou, tant vos discours sont pleins de sens et de raison.

— Si je suis le dieu Wichnou, répliqua le Breton en riant, tu me dois obéissance. Fais donc afficher ma proclamation, et prépare une vaste salle pour les représentants du peuple mahratte, car je veux dans trois semaines, jour pour jour, ouvrir mes états généraux. »

Louison, qui écoutait cet entretien, sourit. El

comptait bien avoir sa place à la droite du trône
où devaient s'asseoir Corcoran-Sahib et la belle
Sita. Peut-être aussi flairait-elle les nouveaux et
terribles dangers que son ami allait courir.

XXI

De l'amie que Corcoran donna au sage brahmine
Lakmana, et des devoirs de l'amitié.

Car tout n'était pas fini. La plupart des zémindars n'avaient subi qu'avec peine leur nouveau
maître. Plusieurs d'entre eux avaient aspiré à la
main de Sita et à l'héritage d'Holkar. Tous auraient désiré demeurer indépendants, chacun dans
la province et perpétuer leur tyrannie comme au
bon temps de l'ancien roi. Cependant aucun n'osa
prendre les armes contre Corcoran. On le craignait
et on le respectait. Beaucoup de gens du peuple
le prenaient, comme l'avait dit Sougriva, pour la
onzième incarnation de Wichnou; et Louison dont
les fortes griffes avaient accompli des exploits si
merveilleux passait pour la terrible Kali, déesse
de la guerre et du carnage, dont nul ne peut sou-

tenir les regards. On se prosternait sur son passage les mains réunies en coupe dans les rues de Bhagavapour et on lui rendait des honneurs presque divins.

Un seul homme crut le moment favorable pour s'emparer du trône et faire périr Corcoran par trahison.

C'était un des principaux zémindars mahrattes, brahmine de haute naissance, nommé Lakmana, qui croyait descendre du frère cadet de Rama et avoir des droits à l'empire d'Holkar. Du vivant même de ce dernier il avait plusieurs fois essayé de se rendre indépendant et de nouer des intrigues avec le colonel Barclay; mais après la défaite des Anglais il fut le premier à s'empresser auprès de Corcoran-Sahib, à se prosterner devant lui et à protester de son dévouement.

Au fond, il n'attendait qu'une occasion favorable pour démasquer sa trahison et soulever le peuple. Il réunissait dans sa maison tous les mécontents; il se plaignait qu'on eût violé la loi sacrée de Brahma en donnant la couronne d'Holkar à un aventurier d'Europe; il prêchait le retour aux anciennes mœurs; il accusait Corcoran de porter des bottes faites de cuir de vache (ce qui était vrai d'ailleurs et passait pour un sacrilège horrible aux yeux des Mahrattes); enfin il armait ses forteresses, garnissait leurs remparts d'artillerie, et faisait

de tous côtés des provisions de poudre et de bou-
lets.

Sougriva s'en aperçut et voulait qu'on lui cou-
pât la tête avant qu'il eût le temps de devenir dangereux; mais Corcoran s'y refusa.

« Seigneur, dit le fidèle brahmine, ce n'est pas
ainsi qu'en agissait votre glorieux prédécesseur
Holkar. Au moindre soupçon, il aurait fait donner
cent coups de bâton sur la plante des pieds de ce
traître.

— Mon ami, dit le Breton, Holkar avait sa mé-
thode, qui ne l'a pas empêché, comme tu vois,
d'être trahi et de périr. Moi, j'ai la mienne, c'est à
Brahma de prévenir les crimes; il est sûr de son
fait; il ne risque pas de condamner un innocent;
mais les hommes ne doivent punir le crime qu'a-
près qu'il est commis. Sans cette précaution, on
s'exposerait à des méprises abominables et à des
remords affreux.

— Au moins faudrait-il surveiller ce Lakmana.

— Qui? Moi! J'irais créer une police, prendre à
mon service les plus infâmes coquins de tout le
pays, m'inquiéter de mille détails, toujours craindre la trahison! Je ferais épier et suivre cet homme
qui peut-être ne pense à rien! J'empoisonnerais
ma vie de défiance et de soupçons!

— Mais, seigneur, dit Sita qui était présente,
songez qu'à tout moment Lakmana peut vous as-

sassiner. Tenez-vous sur vos gardes, et si ce n'est
pour vous, cher seigneur, dont les yeux ont la
couleur et la beauté du lotus bleu, que ce soit du
moins pour moi, qui vous préfère à toute la nature, au ciel même et aux palais resplendissants
du sublime Indra, père des dieux et des hommes. »

En parlant ainsi, les yeux mouillés de larmes,
elle se jeta dans les bras de Corcoran. Il la serra
tendrement sur son cœur, la regarda un instant
et dit :

« Tu le veux, ma Sita, douce et charmante créa-
ture à qui je ne peux rien refuser, tu le veux !
Vous le voulez tous deux ! Eh bien, j'y consens, et
je vais mettre ce terrible Lakmana sous une sur-
veillance telle qu'il maudira à jamais le jour où il
forma le dessein de m'ôter ma couronne.... Louison ! Ici, Louison !.... »

La tigresse s'approcha d'un air caressant et vint
frotter doucement sa belle tête sur les genoux
de Corcoran. Ses yeux épiaient avec attention les
yeux de son ami et cherchaient à deviner sa pensée.

« Louison, ma chérie, dit-il, fais bien attention
à ce que je vais te dire. J'ai besoin de toute ton intelligence. »

La tigresse agita sa queue puissante et redoubla
d'attention.

« Il y a dans Bhagavapour, continua le Breton,
un homme que je soupçonne de mauvais desseins.
S'il est ce que je crois, c'est-à-dire s'il médite
quelque trahison, je te charge de m'avertir. »

Louison tourna successivement son mufle rose
garni de fortes moustaches vers les quatre points
cardinaux, cherchant sans doute où était le traître
et offrant d'en faire justice.

« Pour que tu ne te trompes pas, je vais le faire
appeler.... Sougriva, va le chercher toi-même et
amène-le ici de gré ou de force. »

Sougriva se hâta de porter ce message, et repa-
rut bientôt après, suivi du séditieux brahmine.
Celui-ci était un homme de taille moyenne ; ses
yeux profondément enfoncés dans leurs orbites
étaient pleins de flamme et de haine contenue ;
ses pommettes saillantes et ses oreilles écartées à
la manière des Tartares et de tous les grands carnassiers annonçaient l'instinct de la ruse et de la
destruction.

Il ne parut pas surpris de l'appel de Corcoran,
et, dès les premiers mots, il jura qu'il avait toujours regardé celui-ci comme son vrai maître et
seigneur. Il répondit au témoignage accusateur de
Sougriva par des serments de fidélité qui ne per-
suadèrent pas le Breton. Sa défiance redoubla
lorsque Sougriva qui avait fait secrètement main-
basse sur les papiers du brahmine montra tout

d'un coup, par un coup de théâtre inattendu, les
preuves d'une conspiration qui se tramait dans
l'ombre et dont Lakmana était le chef véritable.
Il s'agissait d'assassiner Corcoran à la prochaine
fête de la déesse Kaly.

Le brahmine demeura stupéfait. Toutes ses me-
nées étaient découvertes. Il était sans défense aux
mains de son ennemi, et il n'attendit plus que la
mort; mais c'était bien mal connaître la générosité du Breton.

« Je pourrais te faire pendre, dit Corcoran, mais
je te méprise et je te laisse la vie. D'ailleurs,
quelque coupable que tu sois, tu n'as pas eu le
temps ou le pouvoir d'exécuter le crime; c'est
assez pour que je t'épargne. Je ne te ferai même
aucun mal. Je ne te prendrai ni ton palais, ni tes
roupies, ni tes canons, ni tes esclaves. Je ne t'en-
fermerai pas, je ne te mettrai pas hors d'état de
nuire; tu pourras courir, conspirer, crier, maudire, calomnier, insulter; c'est ton droit; mais si
tu prends les armes contre moi, si tu cherches à
m'assassiner, tu es un homme mort. Je te donne
dès aujourd'hui un ami qui ne te quittera jamais
et qui m'avertira de tous tes projets. Il est dis-
cret, car il est muet. Il est incorruptible, car il a
des mœurs frugales, et, excepté le sucre, il n'aime
rien de ce qui séduit les autres hommes. Quant
à l'effrayer, c'est impossible. Son courage et son

dévouement sont au-dessus de tout.... En deux mots, c'est Louison. »

A ces mots, Lakmana devint pâle de terreur et trembla de tous ses membres.

« Seigneur Corcoran, dit-il, ayez pitié de moi. Je....

— Ne crains rien, dit le Breton, si tu m'es fidèle, Louison sera ton amie. Si tu conspires, elle, qui sait tout, l'apprendra bientôt et me le dira, ou mieux encore, d'un coup de griffe, elle mettra fin à la conspiration et au conspirateur.... Louison, ma belle, donne à Sougriva une preuve de ta sagacité. Quelle est la perle de ce monde sublunaire? »

Louison se coucha aux pieds de Sita en la contemplant avec tendresse.

« Très-bien, reprit Corcoran. Et maintenant, regarde ce brahmine. Est-ce un homme à qui l'on peut se fier, oui ou non? »

La tigresse s'approcha lentement du brahmine, le flaira d'un air de mépris et regarda Corcoran avec des yeux dont l'expression n'était pas douteuse.

« Tu vois, Sougriva, dit le Breton, elle me fait signe qu'elle a senti une odeur de coquin, et qu'elle a des nausées.... Louison, ma chérie, voilà votre homme ; vous le suivrez, vous l'escorterez, vous l'observerez, et, s'il trahit vous l'étranglerez. »

A ces mots, il congédia le brahmine qui sortit tout effrayé du palais. Derrière lui, marchait Louison avec une gravité admirable. On voyait qu'elle était chargée de veiller au salut de l'État.

XXII

De quel traitre Louison fut victime.
Epouvantable catastrophe.

La générosité méprisante de Corcoran ne toucha
pas le cœur endurci de Lakmana. Il continua de
conspirer dans l'ombre, mais il renonça au projet
qu'il avait formé d'abord de tenter une révolte à
main armée dans les rues de Bhagavapour. La
société de Louison, dont il parvenait rarement à
se débarrasser, l'empêchait de se concerter aisément avec les autres conspirateurs. Il n'était pas
éloigné de croire que la tigresse avait, par une
permission spéciale de Brahma, le pouvoir de lire
dans son cœur et de deviner toutes ses pensées.

Cependant, il avait publiquement fait transporter dans sa maison cinq ou six tonneaux de
poudre qu'il disait remplis de vin. Louison. quoi-

que très-curieuse, ne pouvait pas pénétrer ce
mystère, et Sougriva lui-même croyait que le
brahmine se contentait de remplir sa cave. Plusieurs fois même il en fit la plaisanterie à Lakmana, qui, sans s'émouvoir, lui promit de lui
faire goûter avant peu de jours ce vin exquis.
C'était, disait-il, du Château-Margaux de la première qualité.

Pendant qu'il feignait de rire et de ne songer
qu'aux festins, il préparait secrètement une terrible catastrophe. Il avait fait déblayer un vieux
souterrain de cent pas de long qui, de sa maison,
communiquait par des détours connus de lui seul
avec une cave abandonnée du palais d'Holkar.
C'est dans cette cave, placée au-dessous de la
grande salle où devait se tenir la première réunion du parlement mahratte, que Lakmana avait
fait placer par deux serviteurs fidèles ses six tonneaux de poudre. Lui-même, pendant une absence
momentanée de Louison, qui allait souvent voir
Corcoran au palais, disposa la mèche fatale destinée à mettre le feu aux poudres et à faire sauter
avec Corcoran et Sita les plus puissants seigneurs
du pays mahratte et tous ceux qui pouvaient lui
disputer le trône.

Louison, toute spirituelle et pénétrante qu'elle
était, ne découvrit rien de tout ce manége. Pendant les trois quarts de la journée, elle faisait son

devoir en conscience suivant pas à pas le brahmine et le regardant d'un œil soupçonneux. Lui, au contraire, toujours doux et caressant, cherchait à gagner ses bonnes grâces. Il avait pensé d'abord à l'empoisonner ; mais Louison se défiait de ses offres, et Corcoran lui avait d'ailleurs interdit de dîner en ville, ce qui gênait un peu la tigresse. Son seul défaut était la gourmandise. On n'est pas parfaite.

Lakmana, voyant qu'elle était sur ses gardes, essaya de la conduire hors de Bhagavapour dans l'espérance que la vue des grandes forêts tenterait Louison, et qu'elle reprendrait à jamais sa liberté. Louison le suivit avec plaisir et autant qu'il voulut dans les jungles et dans les montagnes, mais elle revint toujours au gîte avec lui.

Cependant il fallait à tout prix s'en débarrasser. Un matin il la conduisit dans la forteresse d'Ayodhyâ, à dix lieues de Bhagavapour, qui était son apanage et dont la garnison n'obéissait qu'à lui. Au sommet de la tour principale, qui domine la vallée de la Nerbuddah et d'où l'on aperçoit la plus grande partie de la chaîne bleue des Ghâtes, se trouve une chambre dont le plancher tout entier, sauf un étroit espace, n'est qu'une vaste trappe. C'est par là que le brahmine précipitait ses ennemis dans des oubliettes d'une profondeur de soixante pieds.

Lakmana, toujours suivi de son inséparable Louison, ouvrit la porte de cette chambre. La tigresse, curieuse comme toutes les femmes et la plupart des chattes, ennuyée d'ailleurs de l'obscurité profonde de l'escalier qu'elle venait de grimper à la suite du brahmine, n'eut pas plutôt aperçu la fenêtre ouverte d'où l'on apercevait ce paysage délicieux, sans égal dans l'univers, qu'elle oublia sa prudence ordinaire et se précipita dans la chambre. Mais, hélas! c'est là que l'attendait le traître Lakmana.

La trappe dont il venait de pousser le ressort, céda tout à coup sous le poids de notre pauvre amie qui tomba, sans pouvoir s'accrocher à rien, dans un précipice effroyable. A peine eut-elle le temps de pousser un cri et un rugissement et d'invoquer la justice divine contre le perfide brahmine. Sa chute produisit un bruit mat, pareil à celui d'une grappe de raisin qu'on écraserait contre un mur. Il se pencha sur l'ouverture, écouta un instant, n'entendit plus rien et poussa, quoique seul, un bruyant éclat de rire, qui dut faire frissonner au fond des enfers Lucifer lui-même, son cousin-germain.

Puis il referma la porte, redescendit l'escalier, monta en litière, escorté de quelques esclaves, feignit de se diriger vers Bombay, afin qu'on crût qu'il avait cherché un asile chez les Anglais, quitta

Il se pencha sur l'ouverture. (Page 298.)

secrètement sa litière dès que la nuit fut venue et rentra dans Bhagavapour et dans sa maison sans être vu de personne.

Tout était prêt. Il avait fait périr le seul témoin de ses actions dont il dut craindre le témoignage ou les griffes, et le jour du crime approchait. Corcoran, occupé d'autres soins et le croyant parti pour Bombay, se félicitait d'une fuite qui le dispensait de punir un conspirateur. Mais un sentiment amer se mêlait à cette satisfaction. Il s'étonnait de ne pas revoir Louison, autrefois si exacte à lui faire sa cour, surtout à l'heure du dîner. Il craignait qu'elle n'eût pas pu résister à l'attrait de la vie sauvage et de la liberté. Il l'accusait d'ingratitude. Hélas! Pauvre Louison! Il ne connaissait pas l'infâme trahison dont elle avait été victime. Bien moins encore savait-il où trouver son lâche assassin.

Enfin arriva le jour fixé pour la réunion des représentants du peuple Mahratte. Une foule innombrable remplissait les rues et les places de Bhagavapour. Six cent mille Indous, venus de trente lieues à la ronde bénissaient le nom de Corcoran Sahib et de la belle Sita, la dernière descendante des Raghouides.

Tous deux, montés sur l'éléphant Scindiah, vêtus d'habits d'or et d'argent, ornés de diamants et de pierreries d'une valeur inestimable, s'avan-

çaient majestueusement dans la foule prosternée
qui admirait la jeunesse, la force et le génie de
Corcoran et l'incomparable et douce beauté de Sita.
quand ils eurent, suivis de tous les députés du
peuple, rendu hommage dans la grande pagode de
Bhagavapour au resplendissant Indra, l'Être des
êtres, père des dieux et des hommes, ils revinrent
en grande pompe vers le palais où Corcoran s'assit
sur son trône, ayant à ses côtés la fille d'Holkar
et en face de lui l'assemblée.

Lakmana, caché derrière les persiennes de sa
maison vit passer le cortége et frémit de rage. La
mèche qui devait mettre le feu aux poudres et
faire sauter le roi et le parlement tout entier était
déjà prète. Il ne restait plus qu'à l'allumer, et elle
devait brûler pendant sept cents secondes, car Lakmana ne voulait pas s'ensevelir dans son crime.
A côté de lui était son complice, un malheureux
esclave qui n'avait pas osé refuser son concours à
ce crime horrible, de peur d'être poignardé lui-
mème par le traître Lakmana.

Le brahmine attendit encore un quart d'heure
afin que l'assemblée tout entière eût le temps de
prendre place dans le palais. Puis, lentement,
sans remords, il alluma la mèche.

Il affronta la meute. (Page 302.)

XXIII

Conclusion de cette admirable histoire.

Pendant que l'assassin mettait la dernière main
à ses préparatifs, Corcoran se leva d'un air majestueux et dit :

« Représentants de la glorieuse nation Mahratte.

« Si je vous ai convoqués aujourd'hui, contre
l'usage des rois mes prédécesseurs, c'est pour remettre en vos mains le pouvoir dont Holkar mourant m'a investi par droit d'adoption.

« Je n'ai pas désiré le trône. Je ne veux m'y
asseoir que de votre consentement. Je ne veux
pas régner par le droit de la force, mais par votre
libre élection. »

(Tout le peuple cria : « Vive à jamais Corcoran-
Sahib ! Qu'il règne sur nous et sur nos enfants ! »)
Il reprit :

20

« Tous les hommes naissent égaux et libres;
mais comme leur force à tous n'est pas égale, il
faut intervenir quelquefois entre eux pour protéger les faibles et faire respecter la loi. C'est le devoir que vous me chargez de remplir. Vous, faites
les lois suivant la justice, et respectez la liberté.

« Mes prédécesseurs levaient par force deux
cent mille soldats. Je ne les imiterai pas. Je ne
veux garder sous les drapeaux que dix mille hommes, — tous soldats volontaires. Cela suffit pour
maintenir l'ordre. Mais je veux donner des armes
à toute la nation afin qu'elle puisse défendre sa
liberté contre les Anglais s'ils reviennent, ou contre
moi si j'abuse de mon autorité.

« L'impôt était de cent millions de roupies. Vous
verrez vous-mêmes l'an prochain à quelle somme
il faut le réduire. Pour moi, avec le trésor particulier d'Holkar, je veux payer moi-même cette
année tous les services publics. Ce sera mon présent de joyeux avénement au peuple Mahratte.
J'ai tout calculé. Trente millions de roupies suf-
fisent et au delà à tous les besoins de l'État. »

A ces mots tout le monde se récria d'admiration. Les députés pleuraient de tendresse. En aucun temps, chez aucun peuple on n'avait vu le
roi payer ainsi pour la nation.

Sougriva osa blâmer Corcoran de sa générosité.

« Je sais bien ce que je fais, dit le Breton. Crois-tu que je me soucie beaucoup des millions d'Holkar, si durement extorqués à son peuple? Sita, qui est meilleure que moi, ne regrette pas l'usage que j'en fais. D'ailleurs, je suppose, pour beaucoup de raisons, que je n'ai pas longtemps à régner, et je suis bien aise de rendre le métier si difficile que personne n'ose ou ne puisse prendre ma place après moi. »

Cependant le bruit des applaudissements s'était apaisé, et Corcoran allait continuer son discours, lorsqu'un grand tumulte se fit entendre à la grande porte d'entrée : on vit tout le monde s'écarter et donner des marques d'une frayeur épouvantable. Déjà Sougriva s'avançait pour connaître la cause de ce désordre, lorsqu'au milieu du passage laissé vide, Louison s'avança lentement, couverte de sang et portant dans sa gueule le corps inanimé de Lakmana.

A cette vue, tout le monde poussa un cri d'horreur, et Corcoran lui-même parut étonné.

Louison déposa sur les marches du trône le brahmine qui ne donnait plus aucun signe de vie, et faisant signe à son maître de le suivre, reprit le chemin par lequel elle était venue. Déjà l'on murmurait dans la foule et l'on parlait de lui tirer des coups de fusil pour venger la mort du brahmine, mais le Breton devina l'intention de la tigresse, et cria qu'elle était innocente et qu'elle allait en donner la preuve.

En effet, elle le conduisit tout droit à la maison de Lakmana, descendit dans le souterrain et montra les tonneaux de poudre, la traînée, la mèche éteinte et un homme dangereusement blessé qui avait le ventre ouvert d'un coup de griffe. C'était le complice du brahmine, et il raconta lui-même ce qui s'était passé.

Louison n'était pas morte en tombant dans les oubliettes de la tour d'Ayodhya. Elle était tombée comme tombent les chats et les tigres, sur ses pattes, et elle était demeurée étourdie de la chute et presque évanouie au fond de cet affreux précipice, pavé de rochers et d'ossements humains. Dès que Lakmana fut parti, elle reprit ses sens et s'orienta de son mieux. Par malheur, il n'y avait ni porte ni fenêtre, si ce n'est à une hauteur de soixante pieds. Encore en était-elle séparée par la funeste trappe qui avait causé son malheur.

Mais Louison n'était pas de ceux qui se désespèrent et qui n'attendent leur salut que du ciel et du hasard. Pendant trois jours et trois nuits sans se lasser, elle creusa la terre et le rocher avec ses ongles et ses griffes, n'ayant pour toute nourriture qu'une demi-douzaine de rats, ce qui lui fit faire la grimace, car elle était délicate et même un peu petite-maîtresse ; elle n'aimait que les fleurs, les par-

Fêtes du couronnement. (Page 311.)

fums, et les animaux des forêts. Cependant elle vécut, c'était l'essentiel, et fit enfin son trou sous terre comme une taupe. Après trois jours de travail acharné, elle revit la lumière du soleil si chère à tous les vivants, et se trouva libre à vingt pas environ des remparts d'Ayodhya

On juge aisément de quelle ardeur de vengeance elle était animée. Elle courut tout d'un trait à Bhagavapour, et sans s'occuper des détails de la fête, elle enfonça d'un choc enragé la porte de la maison de Lakmana, chercha partout le brahmine, et le découvrit dans le souterrain, juste au moment où il allait en sortir après avoir allumé la terrible mèche.

Le voir, bondir sur lui, le renverser d'un coup de griffe, l'achever d'un coup de dent, et blesser son complice fut l'affaire de quelques secondes. Dans la lutte, la mèche s'éteignit (nouveau bonheur!) et Louison très-fière de son exploit, quoiqu'elle n'en connût pas tout le prix, se montra, comme on l'a vue plus haut dans l'assemblée, et avertit le peuple de Bhagavapour du danger qu'il avait couru.

Est-il besoin maintenant de continuer ce récit, de mentionner la joie publique, le couronnement de Corcoran et de Sita, et toutes les splendeurs

dont ce couronnement fut suivi? On devine assez
que Louison ne fut pas oubliée dans les actions de
grâces que le peuple tout entier rendit à Brahma
et à Wichnou, et l'on supposa, plus que jamais,
que la déesse Kaly avait pris la forme d'une tigresse pour se montrer aux hommes.

FIN DU PREMIER VOLUME.

TABLE.

FIN DE LA TABLE.

5056-08. — Corbeil. Imprimerie Éd. Crété.